五彩校园文化艺术活动丛书

校园文学类活动指导手册

温红青 ◎ 编著

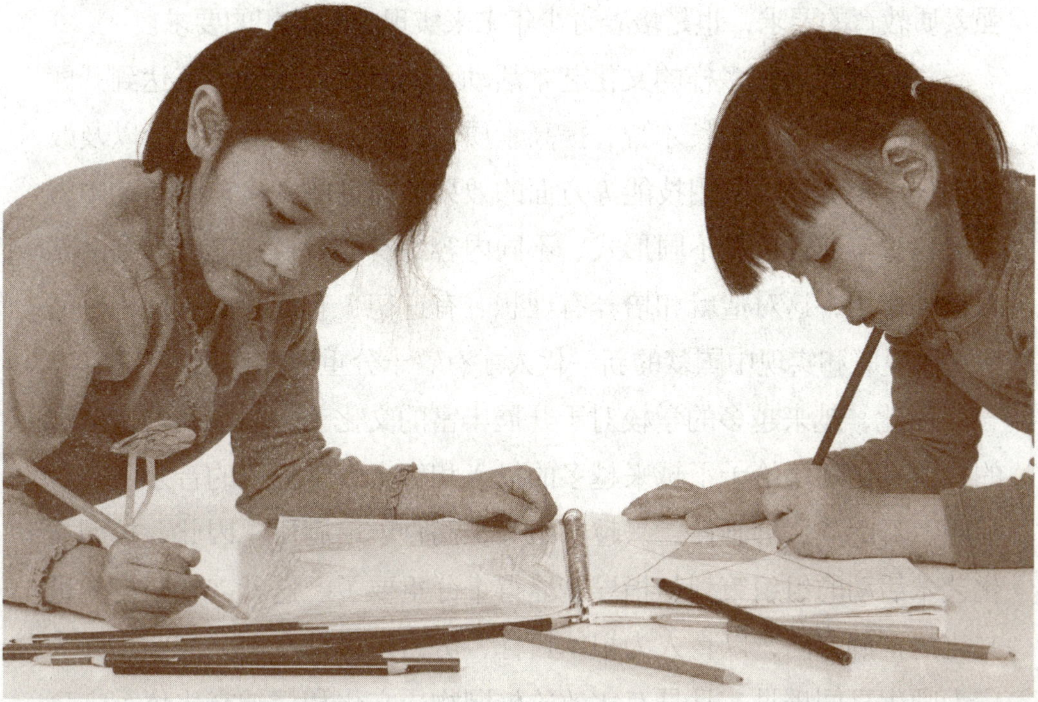

吉林出版集团股份有限公司
全国百佳图书出版单位

前言
PREFACE

在党和政府的要求下，长期以来，学校文化艺术活动作为学校教育教学工作的一个重要组成部分，不仅是广大青少年建立兴趣爱好和成材的重要途径，而且是学校德育工作发挥巨大作用的主要因素。营造丰富多彩的校园文化，为广大青少年开拓广阔的成材之路，这是加强素质教育的要求，也是培养青少年未来实现中国梦想的要求。

学校开展形式多样的文化艺术活动，能够使广大青少年达到开阔视野、陶冶情操、增长才智、提高素质、沟通人际、适应社会以及改善知识结构和掌握实用技能等方面的效果。在这些文化艺术活动中，广大青少年通过接受不同形式、不同内容的有益教育，能够起到潜移默化的作用，这对造就和培养有理想、有道德、有纪律、有文化、适应中国复兴和实现中国梦的新一代人才有着十分重要的作用。

因此，越来越多的学校对于开展丰富的文化艺术活动和营造浓郁的校园文化环境给予了越来越多的投入和努力，学校里的音乐队、合唱团、舞蹈队、书画社、兴趣小组等，简直琳琅满目。因此，校园文化艺术活动的组织策划与指导就显得十分重要了。这就需要坚持先进文化的正确方向，以育人为根本目标，努力发展符合实际需要、并为广大师生喜闻乐见，且具有实效的校园物质文化和精神文化体系，真正营造五彩校园的文化氛围。

为此，根据党和政府有关政策和部门的要求以及国内外最新校园文化艺术的发展方向，特别编撰了《五彩校园文化艺术活动》丛书，不仅包括校园文化艺术活动的组织管理、策划方案等指导性内容，还包括阅读、科普、歌咏、器乐、绘画、书法、美化、舞蹈、文学、口才、曲艺、戏剧、表演、游艺、游戏、智力、收藏、棋艺、牌技、旅游、健身等具体活动项目，还包括节庆、会展、行为、环保、场馆等不同情景的活动开展形式等，具有很强的系统性、娱乐性、指导性和实用性。

本套丛书适当配图，图文并茂，设计精美，格调高雅，不仅是广大学校用于开展丰富文化艺术活动的最佳指导读物，也是大中小学学校领导、教师，在校大中小学学生、研究生、博士生以及有关人员学习的最佳实用读物，还是各级图书馆珍藏的最佳版本。

目录 CONTENTS

NO1. 校园文学活动组织与策划

校园文学活动开展与社团组建............002
校园文学社团活动设计......................004
办好校报校刊文学专栏......................010
校园征文比赛的组织..........................017

NO2. 肖像与行动描写写作指导

肖像描写的概念与技巧......................024
肖像描写的视角与要求......................027
肖像描写的方法与语言......................031
行动描写的概念与方法......................038
行动描写的作用和技巧......................041
动作描写的注意事项..........................050

N03. 语言与心理描写写作指导

语言描写的概念与特点..................054
语言描写的要领与技法..................058
语言描写的重要作用......................066
心理描写的概念与表现方式..........069
心理描写的方法与作用..................071
心理描写的注意事项......................078

N04. 场面与景物描写写作指导

场面描写的概念与特点..................082
场面描写的方法与要点..................084
场面描写的作用与注意事项..........089
景物描写的概念与特点..................091

景物描写的方法与技巧……………………094
景物描写的重要作用……………………099

N05. 风俗与细节描写写作指导

风俗描写的概念与特点……………………104
风俗写作的重要作用……………………108
风俗写作的基本方法……………………114
细节描写的类别……………………116
细节描写的技巧……………………121

N06. 叙述与抒情描写写作指导

叙述描写的概念与方式……………………128
记叙文的写作技法……………………131

记叙文描写的开头技法...................137
记叙文描写的方式.......................142
抒情描写的种类...........................145
抒情描写的方法与技巧...................147
抒情写作的注意事项.....................153

N07. 话题作文与议论文写作指导

话题作文的特点...........................158
写好话题作文的策略.....................160
教师指导话题写作的策略...............165
话题写作的拟题与行文技巧............169
议论文的特点与种类.....................173
议论文的三要素...........................175
议论文的常见结构.......................178

校园文学活动开展与社团组建

学校文学活动的开展

校园文学活动主要是采取寓教育于文学活动之中的形式,培养学生文学写作的才能,特别是对于具有这方面特长和爱好的学生来说,文学活动是他们的才能表露、培养和发展的必要机会和场所。

校园文学活动可以通过各种文学小组和欣赏评论、阅读朗诵、情景表演、征文比赛等形式,培养学生的文学写作爱好的兴趣,活跃校园的气氛。

校园文学活动对于美育是非常重要的,在组织和管理文学活动时,要照顾学生的年龄特征和个人兴趣爱好,不要强求一律,这样才有助于学生文学写作才能的发挥。

学校文学社团的组建

1、建立社团组织

社长1人兼主编，副社长兼副主编2人，再分设几个编辑组，如创作组、美术组、印刷组等，并确定编辑人员。社团组织成员要各司其职，分工合作。社团组建可以以班级、以专业为单位，也可以以校为单位；或者以校为单位建立社团，各专业、各班成立分团或记者站。可聘请老师做顾问。

2、明确社团宗旨

成立社团要有明确的目的，如社团宗旨可表述为：活跃文学创作、传递文学信息、团结文学新人、繁荣文学事业；再如：求实、创新、作文、做人；又如：热爱文学、追求理想、献身事业。

3、制定社团计划

每学期初要制定计划，充分听取广大同学意见和建议，提高社团活动质量，推动校园文化建设。

4、确定社团名称

社团名称要有特色，要有"文"味。一个好的名字能提高社团的文化品位，因此要仔细斟酌。可从以下几个方面考虑：①地方特色，如棒棰岛文学社；②学校特色，如景山文学社；③时代特色，如新世纪文学社；④社团宗旨，如创造文学社；⑤职业特点，如导游文学社；⑥文学寓意，如小草文学社；⑦名人称谓，如冰心文学社；等等。

5、创建社团刊物

社刊是文学社团发表作品的主要园地，刊名与社名可以一致，也可以另起。社刊可以采用多种样式：报纸型、杂志型、板报型、壁报型、橱窗型等。

校园文学社团活动设计

校园文学社团活动设计
1、读书活动
（1）读书报告会
请同学先行阅读，将科技类、专业类、文学类新书、好书籍推荐给大家。通过读书报告会，对作品分析讲解，起到阅读引路作用。
（2）朗诵演讲会
把一些适合朗诵的诗文，通过朗诵或演讲的形式让学生了解认识，加深对作品的理解，受到文学的熏陶。
（3）知识竞赛会
竞赛前先拟定知识竞赛题，可将全部或部分答案公布，让参赛选

手做准备，同时选入一些难度较大的题目或不给出答案的题目做抢答题，促进动脑思维。

2、采风活动

（1）调查研究，体验生活

有选择地到农村、工厂、军营等地做调研，感受学校以外的世界，观察社会、了解社会、反映社会。

（2）游览名胜，开阔眼界

不同地域的山水名胜、人文景观，都会给人带来新的创作灵感，多走多看，增加阅历，了解风土人情，丰富创作素材，对提高学生的文学水平是大有好处的。

（3）名人专访，启迪智慧

名人是生活的典型代表，他们的经历、经验、学品和人品对学生有着重要的启迪作用。

3、写作活动

（1）专题写作

结合家庭、学校和社会生活，确定题目，专题写作。如"假如我是×××"、"颂歌唱给祖国听"、"'十一'征文"、"我的职业理想"，等等。

（2）系列写作

根据学校教育工作进程，在统一主题下，连续开展创作活动。如"教学改革面貌新"、"校园群英谱"，等等。

（3）专长写作

由于写作体裁不同，每个人的写作专长也有很大不同，如同练武人使枪使棒各有高下一样，既要提高不同体裁写作的整体水平，也应发挥各自专长，提供展示才华的机会。

（4）现场写作

现场命题,即席创作,提高快速思维、快速表达、快速成文的能力。所谓思若泉涌、倚马可待、文不加点,都是对文思敏捷的赞誉。

4、办刊活动

(1)搞好创作培训

要组建稳定的创作队伍,定期培训,保证稿源质量。

(2)推出每期佳作

每期可按不同文体推出各类佳作,树立精品意识,增强可读性,培养广大阅读群体。

(3)评选优秀作者

可分别按质和量两个方面评选优秀作者,既鼓励写出好作品的作者,也鼓励多投稿的同学,使办刊得到更广泛的支持。

(4)保证社刊质量

社刊质量受多方面制约,作者、编辑、美工、校对、印刷、装订等每个环节都要有人负责,通力合作才有高质量的社刊。

5、交流活动

(1)内部座谈会

经常组织社团创作人员座谈会,树立社团典型,交流创作体会,形成浓厚学术氛围,推动活动深入开展。

(2)外部联谊会

结合节假日,社团间举行联谊会,以聚会或联欢会的形式,相互学习。如中秋赏月赛诗会、辞旧迎新茶话会等,寓创作于娱乐之中。

(3)社刊互赠阅

社团间互赠社刊,虚心向别人学习办刊经验,弥补自己的不足。

(4)举办夏(冬)令营

将旅游、考察、学习、创作结合在一起,明确夏(冬)令营文学创作主题,在集中食宿的集体生活中,交流将会更深入、更全面、更充分。

校园文学社团评价

1、评价社刊质量

2. 评价各项活动

3. 评价学生素质

4. 评价社团影响

"XXX"文学社活动计划

1、指导思想

为了丰富同学们的课余生活，全面提高学生素养，积累同学们的写作素材，提高同学们的写作水平，增强学生的思维、审美、创造能力，我校语文组全体成员将致力于把文学社办成真正培养同学们能力的社团。

2、工作目标

（1）发挥有文学特长的学生的能力，活跃文学创作，以拓展学生的第二课堂，丰富学生的课外生活，配合建设丁家小学的校园文化氛围。

（2）在有关老师的指导下，定期开展各项文学活动，努力培养一批文学爱好者，提高学生的文学理论水平和欣赏水平。

（3）办出富有特色的校报来。

（4）文学社积极向有关部门推荐优秀作品，力争有5~10篇左右的作品能够在各级刊物发表。

3、办社理念：快乐学习、快乐作文、快乐生活

4、活动时间：每周四下午

5、社员组成：以中心社员与校园小记者相结合为主

6、展示形式

针对同学们知识面狭窄，写作能力普遍较低的现状，文学社将由指导老师定期开设主题讲座，举办同学读书交流会，开展征文比赛活

动,以校报形式展示或者在每季以季刊形式出版。

7、具体分工

社　　长：（学生）　　　副社长：（学生）

记者团团长：（学生）　　副团长：（学生）

学生通讯员：各班自定　　社　　员：（见附页）

8、栏目设置

校园风铃、诗海拾贝、如歌岁月、情感天空、我思我想、每期一星、佳作欣赏……（具体栏目随内容而增减）

9、稿件来源

（1）学生优秀习作。

（2）学生自由投稿。

（3）有重大意义的通讯稿。

（4）教师下水习作、优秀习作。

10、工作安排

三月：

（1）召开文学社全体指导老师会议,制定新学年的工作计划,布置任务。

（2）文学社骨干选拔及社员培训。

四月：文学讲座

五月：

（1）文学社社员培训：文学沙龙

（2）读书汇报会

六月：

（1）文学社征文比赛。

（2）学生总结交流。

（3）配合学校工作出好第二期宣传校报。

希望文学社全体成员更积极主动地参与、支持各项工作，展示文学社团的风采，让文学社这个舞台的节目更精彩，吸引更多的文学爱好者聚集在我们的周围。

11、活动主要内容

（1）经典诵读：以《论语》、《百家姓》、《千字文》、《三字经》等经典文学名著为主，开展经典诵读活动，打下扎实的古文底子。

（2）文学欣赏：推荐一些优美的古今中外的名篇，学会欣赏其中的意境，学习其表达方法。

（3）指导阅读：相比大阅读而言，对文学社成员提出更高的要求，要求他们建立精美的读书笔记本，经此带动班级的读书活动。指导他们读书方法和写读后感、读书笔记的方法。

（4）写作指导：指导练笔，掌握片段写法；掌握开头、结尾的方法；学会写人、记事、描景、状物等文体的写作方法；学会段落划分，写出一篇有主题的文章。

（5）社会实践：让学生学会从生活中寻找素材，从社会实践中寻找源泉。

办好校报校刊文学专栏

为加强校园文化建设,搭建师生展示才华的平台,促进师生情感交流,积极推行素质教育。经校委会研究决定:在学校挑选出优秀学生进行校刊校报的编辑和出版工作。为保障此项工作顺利进行,特拟定实施方案如下:

办刊(报)宗旨

推动学校的文化建设,同时给师生一个展现自我表现自我的平台,最终提高学生综合素质。

组织机构

策　划：XXX XXX XXX

总顾问：XXX XXX XXX XXX XXX

主　编：XXX XXX XXX

副主编：学校教师

编　辑：社团学生

记　者：社团学生

校　订：社团学生 学校教师

职责划分

1、策划：负责对校刊、校报提出原则性办法，监督校刊校报是否符合宗旨；

2、总顾问：对校刊校报各项事宜进行说明；

3、主编：校刊校报的总负责人，研究并制定工作计划，安排副主编工作，并提出原则性要求和说明，负责对学年度优秀副主编、优秀投稿人、优秀小记者、优秀编辑进行颁奖。

4、副主编：负责监督编辑部的工作，对编辑部的排版、撰写、小记者的采访提供帮助，使稿件更加完善，研究并确定校刊（报）的栏目设置，当编辑或者小记者遇到困难找到副主编帮忙时，副主编应给与帮助。副主编负责对新加入社团的学生进行工作安排。

5、编辑：对上交的稿件进行择优筛选并整理完善，各板块编辑互相交流，共同商讨如何排版，最终形成样刊，送交校订处校订。形成定稿后送交主编审核签字，再到打印室打印16份，3~6年级每个班各一份，编辑处留一份。

6、记者：每位记者都有自己负责的板块，根据板块的设置进行采访并将采访到的资料撰写成初稿，上交编辑部。

7、校订：对样刊进行校订，改正样刊中的错误。具体校对内容为：文字差错、词语差错、语法错误、标点符号使用差错、量和单位使用差错、事实性错误、知识性错误和政治性错误。通过严格的校订工作后，力争报刊差错率不超过1/10000，最终形成定稿。

办刊（报）事项

1、刊（报）名：《真爱明德》

2、刊物属性：本刊属校级刊物，稿件主要源于学校师生。

3、校刊定位：提倡多样化，力求贴近校园生活、贴近师生、贴近小学实际。

拟设栏目

1、时事要闻：学校新闻，重大事件，学校开展活动等。

2、情感天空：不限题材，包括老师创作的文学作品、学习心得、生活感悟等，学生的学习心得、成长日记、生活体会、优秀作文，老师或学生分享的优秀文章等。

3、校园动态：展示学校、师生获得表彰的成果、学校出台的重要政策、学校好人好事、班级评比、年级组以上的比赛等。

4、校园广播站：广播站稿件。

5、国旗下讲话：每周国旗下讲话稿。

6、根据工作需要及稿件实际情况，可不定期增设相应栏目。

编审流程

1、征稿：

（1）由小记者采访老师或者学生获得资料，并撰写成文章，上交编辑部。

（2）老师、学生均可主动投稿到编辑部，所投稿件不限文体，鼓励自由创作，但不得抄袭。

（3）学校广播站和国旗下讲话稿。

2、编辑：按照栏目工作分工，各版编辑负责收集学生、教师、小记者的稿件，审核、修改形成定稿并上交副主编。副主编须对各栏目拟用的稿件在政治上、思想上和质量上进行严格把关，确定稿件的是否刊用，对于各栏目已确定刊用的稿件，组织各栏目编辑举行现场互动审稿，彼此交流意见，进一步修改、补充和完善稿件。稿件终审确定后，由编辑人员进行排版，形成样刊。

3、审核：样刊（报）炉后，编辑送交副主编校订，在政治上、思想上和质量上校订完成再形成二次样刊，编辑再送主编审核签字。

4、校订：由社团学生和指导老师负责。具体校对内容为：学生负责文字差错、词语差错、语法错误、标点符号使用差错、量和单位使用差错。指导老师负责事实性错误、知识性错误和政治性错误。通过严格校订工作后，力争报刊差错率不超过1/10000。

5、出版：主编审核通过后由编辑到打印室打印出版，三~六年级每个班各一份，编辑处自己留一份，共16份。

时间安排

1、每月25日~26日24:00征稿结束，25号以后收集的稿件用作下个月的校刊校报出版材料。25日编辑需要把所有稿件筛选并整理完善。

2、27日~28日日形成样刊，由副主编进行第一次审核，再有主编审核签字，审核通过后进行校订形成终稿。

3、28日~29日送交打印室打印16份，并发送到各班。

4、每学期期末进行评比，参加评比的人员有副主编、投稿人、编辑、小记者、校订员，其中投稿人又分老师和学生两个群体。

5、每两个月举行一次校刊校报活动，活动内容视期间两月的刊登内容而定。

奖励措施

1、副主编的奖励办法：学期末，由主编安排教育处和教学处主任，以及三~六年级各班文艺委员参加投票，每人一票，选择最优秀的两份校刊（报），得票最多的两份校刊（报）的副主编获得奖励：大米一袋。其他副主编获得毛巾一条（或洗衣粉一袋）。

2、投稿人的奖励办法：凡是投稿给校刊校报的教师，每投稿一份在期末考核中加0.1分，若所投稿件被校刊校报登用，则每刊登一份加0.5分。学生投稿数量排在前三位的给予一定物质奖励，所投稿件被刊登的，每刊登一份颁发"优秀投稿人"奖状，并给予一定物质奖励，凡是投稿的班级在每月班级考核中每投稿一份加0.1分，所投稿件被登用的每份加0.5分，不重复计算。以上任何人投稿中分享他人优秀作品的需作说明，并写出至少200字分享理由，且每个月最多一次分享他人优秀作品。

3、编辑的奖励办法：由副主编选出积极监督小记者工作，并积极收集各类稿件，在筛选材料、编辑排版工作中有突出贡献的，给予一定物质奖励并颁发"优秀编辑员"奖状。

4、小记者的奖励办法：由编辑选出积极配合编辑的工作、采访时积极主动、收集到的材料数量和质量都很优秀的小记者，每个版块的编辑选出一名优秀小记者，学期末给以一定物质奖励并颁发"优秀小记者"奖状。

5、校订员的奖励办法：每月成稿后发送各班的校刊（报）没有人反映出现差错，每月给予校订的学生一定物质奖励。参加校订的老师若在自己职责范围内一学期都没出现差错，在学期末个人考核中加0.5分。

6、一二年级不参加编辑和小记者工作，在学期末时，计算出三到六年级班级所加分数的平均分，取平均分的80%加入一二年级班级考核中。

惩罚措施

1、副主编惩罚措施：副主编若在工作中徇私舞弊，小记者及编辑寻求帮助时置之不理，在校刊（报）成稿打印出来后发现有政治性、原则性错误的。出现一次的，在期末个人考核中扣除1分，出现两次及两次以上的，撤销副主编职位，取消期末优秀副主编奖励资格，并在期末个人考核中扣除1.5分。导致严重后果的，学校给予相应处分。

2、投稿人惩罚措施：教师所投稿件若是分享他人优秀作品的需作出说明，自创文章中若发现有抄袭现象的，取消期末投稿人奖励资格，并扣除期末个人考核分数0.5分。学生所投稿件若是分享他人优秀作品的需作出说明，自创文章中若发现有抄袭现象的，取消期末投稿人奖励资格，并扣除该月班级考核分数0.5分。造成严重后果的，学校给予相应的处分。

3、编辑的惩罚措施：各栏目编辑未经副主编和投稿人同意任意修改投稿人资料，不向小记者收集稿件，不向副主编送交初稿，在工作中不按时完成任务的，出现一次由副主编给予警告，出现两次的由副主编再次警告，并给予编辑所在班级月考核扣除0.5分，出现三次的撤

销编辑职务,扣除编辑所在班级月考核分数1分。

4、小记者的惩罚措施:故意歪曲事实,对副主编安排的采访工作无故不按时完成,撰写稿件出现抄袭现象,不主动向编辑人员递送材料。出现一次由副主编给予警告,出现两次的由副主编再次警告,并给予小记者所在班级月考核扣除0.5分,出现三次的撤销小记者职务,扣除小记者所在班级月考核分数1分。

5、校订员的惩罚措施:出现文字差错、词语差错、语法错误、标点符号使用差错、量和单位使用差错超过0.1%,给予负责该部分校订的负责人口头警告;若错误率超过0.3%,撤销校订员资格;出现事实性错误、知识性错误和政治性错误超过0.1%的,在负责该部分校订的人员期末考核中扣除0.5分;若错误率超过0.3%,则扣1分,并取消期末优秀校订员的奖励资格。

校园征文比赛的组织

征文前言

那月我们喧闹而来,年轻的胸怀,溢满无限的期待。一群懵懂少年,张扬生命的光鲜,领略知识的无限。

那些年轻容颜,此处安谧的世界,转眼间,我们将默默离开。一个陈述栋青的空间,一次纯洁情感的征文,一场信念决定的大赛,没有功利的色彩,没有金钱的诱惑,我们想做的只是一次心灵的交流,让属于我们的文字在我们青春激荡的年代!

活动宗旨

征文活动将本着为同学服务,为校园服务,为文学服务的宗旨。将情感、理想、信念通过我们自己的文笔展现在众人面前,大家不需要鲜花和掌声,只需要倾吐……

活动目的

通过本次征文活动,以文会友,促进交流,为我们的大学生活增加色彩,更是为了让我们校园的原创文学作品有一个展示的舞台,让我们的理想、感情、信念有一个挥洒的空间,让一股清新的文学风弥漫在我们的菁菁校园。

活动主题

春到栋青万木芳,桃花绽放柳丝长。栋青四月,群芳竞艳,各抒性灵,岂不快哉!

活动时间

4月25日~5月15日(暂定)

组织机构

主办单位:××诗社

赞助单位:赞助待定(活动过程中可添加商家元素)

执行机构

总负责人:××

指导老师:××

评委:××

宣传组:××

征稿组:××

摄影组:××

后勤组:××

活动流程

1、工作安排

（1）4月25日召开××诗社全体部长及干事关于举办"栋梁之才，青春飞扬"征文活动的会议，由负责人××具体协调安排各部工作。

（2）制作投稿箱。

2、宣传工作

（1）张贴的海报：在校园张贴活动海报，覆盖全部宣传地点。

（2）投稿广播站，进行宣传。

（3）由宣传部组织分工晚自习到每班进行面对面宣传。

（4）发放宣传单。

3、活动进程

（1）初赛收集稿件（投稿时间4月26号~5月5日）

（2）初赛作品评选（5月6日~5月7日）

（3）公布进入复赛名单（5月8日）

（4）复赛作品评选（5月10日~5月12日）

（5）公布获奖名单及名次（5月13日）

（6）颁奖：5月15日（具体活动另做通知）

活动形式

面向××全院征稿，以稿件形式投放征稿向或××诗社编辑部或各班联络员。

文章评选

1、确定评选团

由资深教师组成初审团和复审团评选参赛稿件。

2、评选流程

由初审团评选出优秀作品20份，推荐参与特、一、二、三等奖角逐。

由复审团从20份候选作品中评选特等奖一名、一等奖作品2名、二等奖作品3名、三等奖作品4名、优秀奖10名。

3、稿件要求

（1）体裁以散文诗歌为主，可抒理想，可忆感情，亦可寻求信念，字数不限。

（2）文章内容积极向上，必须为自我原创作品，不得套改。

（3）书写工整，稿件清洁。××诗社组织策划部。

（4）稿件请注明作者的真实姓名及详细的联系方式。

（5）作者系别、班级、姓名统一写在作品第一页左上角。

（6）凡获奖作品均可在××诗社刊物上发表，特表优秀作品将推荐到大型刊物发表。

4、奖项设置

特等奖1名：　　证书+奖品

一等奖2名：　　证书+奖品

二等奖3名：　　证书+奖品

三等奖4名：　　证书+奖品

优秀奖10名：　　证书

赞助合作

贵公司为我社本次征文活动提供给所需物资和部分活动经费，我社将从以下方面回馈贵公司。

1、喷绘宣传：可在颁奖晚会上印上贵公司的标志，并在会上特别鸣谢，贵公司可派出代表在晚会上发表讲话。

2、传单宣传：传单上可以以赞助商的身份出现，我社可协助派发传单。

3、海报宣传：××诗社于2002年成立，诗社成立近4年来，策划和组织了"诗歌碰撞会"、"革命诗歌朗诵会"、"网络诗歌笔友会"等活动。社刊《××诗报》（创刊号）的出版及第四期社刊的筹划出版等一系列活动，全面增强了大学生文化生活的内涵。如今我社在学院易或是在社会上都拥有一定的影响力和良好的口碑，活动过程中共若××诗社组织策划部有广告宣传对提高双方的知名度有很大的推动作用，是一次难得的机遇。海报上商家以赞助商的身份出现，并可印上贵公司的标志，商家标志由商家自行设计。

4、展板宣传：展板在校园大道上展出，能够吸引众多学生的眼球，是文化传播的窗口之一。普遍受到师生们的亲睐。征文活动展板上可附有商家自身宣传内容、××诗社照片、简介、优秀作品，等等。

5、横幅宣传：可在校园大道、学生公寓、食堂门口，人流集中的场所悬挂带有商家特色的横幅。

6、刊物宣传：贵公司赞助我社此次征文大赛可在诗社刊物或其专刊上报道，活动结束即将出版的活动专刊封面上可添加商家元素，具有历史价值。

7、赠品宣传：由商家提供。

8、奖品宣传：活动所需纪念品可由贵公司赞助（可印有贵公司图案、产品特色、地域文化等）。

NO2. 肖像与行动描写写作指导

肖像描写的概念与技巧

什么是肖像描写

　　肖像描写即描绘人物的面貌特征,它包括人物的身材、容貌、服饰、打扮以及表情、仪态、风度、习惯性特点等。肖像描写的目的是以"形"传"神",刻画人物的性格特征,反映人物的内心世界。

　　描是描绘,写是摹写。描写就是用生动形象的语言,把人物或景物的状态具体地描绘出来。这是一般记叙文和文学写作常用的方法。

　　写文章,只有通过描写,才能做到"绘声绘色"、"活灵活

现"、"栩栩如生"、"历历在目"、"维妙维肖"。

外貌描写，也称肖像描写。即是对人物的外貌特征（人物的容貌、衣着、神情、体型、姿态等）进行描写，以揭示人物的思想性格，表达作者的爱憎，加深读者对人物的印象。

好的肖像描写，不仅是用文字给我们描绘出一个人的外在形象，还应该通过人物的外在形象为我们展示出他的思想、性格和气质。

肖像描写的技巧

肖像描写即描绘人物的面貌特征，它包括人物的身材、容貌、服饰、打扮以及表情、仪态、风度、习惯性特点等。肖像描写总的要求是以"形"传"神"，刻画人物的性格特征，反映人物的内心世界，加深读者对人物的印象。写好人物外貌要具体注意以下几点：

1、仔细观察，突出特点

抓重点，不可蜻蜓点水，面面俱到。外貌描写要根据需要，抓住特征，绘形传神，刻画性格，显示灵魂，切忌公式化、脸谱化。

一般情况下，"人如其面"。然而人的内心与外貌并不总是一致的，外表漂亮不一定心灵美，而且，"知人知面不知心"。优秀作品中写的好人外貌不一定都是漂亮、英俊；写的坏人也并不一定都是麻子、瞎子、跛脚。如《牛虻》中的中年牛虻，就是瘸腿，面部丑陋，有刀伤痕。

法捷耶夫的《毁灭》中的英雄莱奋生却矮小而背脊稍微弯曲。这都说明，作家即使描写心爱的人物也不是"脸谱化"地一味美化人物，而是严格地尊重生活的真实。在写批判人物时，有时常常以外形美来反衬人物的心灵丑，如《毁灭》中的反面人物美谛克，他风度翩翩，却动摇变节。《红楼梦》中的王熙凤美丽俊俏，却心毒手狠。

2、主要是抓住人物面部特征

抓住关键、特征鲜明。这要求抓住最能揭示人物内心世界、反映

时代特点或者能区别与其他人物的独有的外貌特征。鲁迅先生的小说《祝福》就是一个很好的例子。文章主要写了主人公祥林嫂的眼睛。祥林嫂沦为乞丐："只有那眼睛间或一轮，还可以表示她是一个活物。"祥林嫂初到鲁家："只是顺着眼，不开一句口。"再到鲁家："顺着眼，眼角上带着泪痕，眼光也没有先前那样精神了。"她精神上的最后的希望破灭后："眼睛窈陷下去，精神也更不济了。"

这几处的描写，都抓住了人物的关键，从而深刻地揭示了人物的内心世界。

3、区分性别和年龄差异

外貌符合人物身份、年龄、性别、国别、职业。比如一位考生在写其中一个小姑娘的眼睛时，这样写道：那清波微漾的眼睛顾盼生辉。望你一眼，便有万千情种。可以说，这个眼睛写得很美，但是如果这样来写一个小姑娘这是不合适的。

除了上述技巧之外，肖像描写的技巧还有注意经常习惯的动作神态、表现喜怒哀乐，和神情变化、可以用比喻、夸张，侧面烘托、联想等手法、要有顺序等。

描写时应按一定的顺序来写，或从上到下或从下到上都行。如果写了眼睛，接着写头发，又写嘴巴，再写眉毛，尔后写鼻子，这种描写不管写得多好，它给人的感觉是一片混乱。

肖像描写的视角与要求

肖像描写的视角

肖像描写的角度,大致有三种:一是作者观察的角度,二是人物自我观察的角度,三是作品中其他人物观察的角度。究竟选择哪个角度写,这要根据作者的创作意图和表现人物性格的需要来确定。

1、从作者观察的角度写

这个角度便于作者抒发爱憎感情,表达自己鲜明的倾向性。如赵树理在《小二黑结婚》中对三仙姑一肖像描写:"三仙姑却和大家不同,虽然已经四十五岁,却偏爱当个老来俏,小鞋上仍要绣花,裤腿上仍要镶边,顶门上的头发脱光了,用黑手帕盖起来,只可惜官粉涂不平脸上的皱纹,看起来好像驴粪蛋上下了霜。"作者对她那种老来俏打扮,是厌恶的,并给以辛辣讽刺。

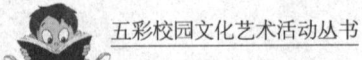

2、从人物自我观察的角度写

这个角度便于将肖像描写与人物心理描写有机地结合起来。如鲁迅的《高老夫子》是这样写的：

这一天，从早晨到午后，他的功夫全费在照镜，看《中国历史教科书》和查《袁了凡纲鉴》里……首先就想到往常的父母实在太不将儿女放在心里。他还在孩子的时候，最喜欢爬上桑树枝偷桑椹吃，但他们全不管，有一回竟跌下树来，磕破了头，又不给好好地医治，至今左边的眉棱上还带着一个永不消灭的尖劈形的瘢痕。他现在虽然格外留长头发，左右分开，又斜梳下来，可以勉强遮住了，但究竟还看见尖劈的尖，也算得一个缺点，万一给女学生发见，大概是免不了要看不起的。他放下镜子，怨愤地吁一口气。

作者通过高老夫子顾影自怜的描写，将其假道学的面目与自我怨愤的情绪巧妙地融合起来了。

3、从其他人物观察的角度写

这个角度易于收到一箭双雕的艺术效果。曹雪芹在《红楼梦》第三回中描写林黛玉初交见到贾宝玉时，她以少女的敏感与细心，观察了贾宝玉全身的打扮以及容貌、神情：

却是位年轻公子：头上戴着束发嵌宝紫金冠，齐眉勒着二龙戏珠金抹额……面若中秋之月，色如春晓之花，鬓若刀裁，眉如墨画，鼻如悬胆，睛若秋波，虽怒时而若笑，即真视而有情；项上金螭璎珞，又有一根五色丝绦，系着一块美玉……越显得面如敷粉，唇若施脂；转盼多情，语言若笑；

天然一段风韵，全在眉梢；平生万种情思，悉堆眼角。

这是通过黛玉的视觉给宝玉绘制的一幅肖像画。这幅肖像画自然溶进了黛玉的感情色彩——真可谓一箭双雕。

肖像描写可以一次基本完成，然后反复点染，逐渐充实；也可以分为多次，随着故事情节的发燕尾服而逐步完成。肖像描写的技法，可以是工笔描写，也可以是简笔勾勒，还可以是漫画笔法。可以采用静态描写，也可以采用动态描写。俄国作家冈察洛夫在《奥勃洛摩夫》中对奥勃洛摩夫的肖像描写是为工笔描写，李朝威写则属于简笔勾勒。

在肖像描写技法中，还可以借助比喻、象征和夸张等手段来突出人物肖像的主要特征。总之，描写肖像的技法是多种多样的，或单独使用某一方法，或多种方法交叉使用。但无论使用哪种方法都必须注意捕捉人物的外形特征，要由表及里，"以形传神"，切忌犯脸谱化、套子化、程式。

肖像描写的要求

1、有序

描写时应按一定的顺序来写，或从上到下或从下到上都行。如果写了眼睛，接着写头发，又写嘴巴，再写眉毛，而后写鼻子。这种描写不管写得多好，它给人的感觉是一片混乱。

2、要研究人物性格

比如90年高考题，首先要仔细研读材料，从中分析人物性格特征：第一位好动任性，看问题简单片面；第二位文静懂规矩，能全面地看问题。分析出人物性格特征，描写外貌时就显现这些性格特征。

3、抓住关键、特征鲜明

这要求抓住最能揭示人物内心世界、反映时代特点或者能区别与

其他人物的独有的外貌特征。

4、细节突出

鲁迅曾立志画出中国国民的"活的灵魂"。列夫·托尔斯泰为了写出玛丝洛娃的灵魂，勾勒出玛丝洛娃在牢中的内心世界，曾对玛丝洛娃的外貌描写修改了20次。

5、用词准确、修辞恰当

可以用比喻、夸张等修辞手法。总而言之，外貌描写要为刻画性格、塑造形象服务。以形写神是外貌描写的关键，同时我们也要使笔下的人物和谐有序。这样，我们才能更好地进行描写。

肖像描写的方法与语言

肖像描写的方法

肖像描写是指通过对人物的外在特征，如容貌、表情、声调、身材、服饰、姿态和风度等多方面的描写来刻画人物性格，肖像描写的具体手法也是千变万化的，这里给大家介绍三种。

1、工笔细描法

工笔细描法是指用工整细密的笔法来描绘物象，也就是用细腻的笔触精细地描绘人物外貌和生活场景。用工笔细描法描绘人物肖像，

犹如电影中的人物定格特写镜头或绘画中的工笔肖像画，人物的外貌特征，服饰穿戴以及细微的表情神态，都能让读者看得一清二楚，人物给读者有一种呼之欲出之感。

2、白描勾勒法

白描勾勒法，原指中国画的传统技法，即纯用"线条勾画，不加彩色渲染"。将这一技法引入写作，把文字简练单纯、不加渲染烘托的写作风格，称为白描勾勒法。

工笔细描法注重精雕细刻，白描勾勒是简笔勾画，它包含两层意思：一是文字朴实，不尚修饰，以叙述的语言进行描写，或者说是叙述和描写的高度结合，融而为一。二是简练传神，不用很多笔墨，无须很多描写，只寥寥几笔就勾勒出鲜明生动的形象来。鲁迅先生就很提倡这种写法。

与工笔细描法相同的是，白描勾勒同样要注意人物外形特征所体现的性格特点和人物的身份地位。正如鲁迅先生所说的"有真意，去粉饰，少做作，勿卖弄"。这就是说，白描勾勒法只须体现人物的真实面貌，不须过多的繁琐的形容和修饰。

3、画龙点睛法

画龙点睛法是指通过描写人物的眼睛来揭示人物的性格特征和内心活动的一种肖像描写方法。这是因为眼睛是心灵的窗口，可以从中透露出人的内心世界。

鲁迅先生说："要极简省的画出一个人的特点，最好是画他的眼睛。我认为这话是极对的，倘若画了全部的头发，即使画得逼真，也毫无意思。"人的喜怒哀乐等各种丰富而复杂的思想感情总是在眼光、眼神中表现出来的。因此很多作家都很重视描写人物的眼睛。鲁迅先生在《祝福》中就多次抓住了祥林嫂的眼睛进行描写，反映了人物的悲惨命运。

画龙点睛法只是人物肖像描写的一个方面，因为它在刻画人物方面的重要性，所以常常被作为一种独立的表现方法。但是，正如肖像描写是为表现人物性格特征服务的一样，刻画人物的眼睛也必须为同样的目的服务，切不可为写眼睛而去描写眼睛。

4、特征法

特征法，就是抓住人物外貌的显著特点，加以生动、准确地刻画的方法。采用这种方法，可以突出人物的个性特点，表现人物的精神风貌，描绘人物的内心活动，是人物肖像描写的主要方法之一。

人物的肖像特征，是指人物的容貌、身材、表情、衣着、姿态等方面的显著个性。抓住人物的个性，进行准确、生动、形象的描绘，使读者一接触到这个人物，就能留下深刻的印象，从而找到了解这个人物的钥匙。

运用特征法描绘人物的肖像，应注意：首先要准确地把握人物肖像的独特性。所谓千人千面，指的就是每个人都有区别于另一个人的特点，都有自己的鲜明个性。这就要求我们具有敏锐的观察力，能从纷繁复杂的大千世界中发现人物的显著特点，写好"这一个"，使人们读后不会与"另一个"混同。其次，要安排好人物肖像描写的顺序。哪些方面先写，哪些方法后写，要有一个顺序。再次，可以同夸张、比喻等手法结合使用，以增强文章的描写效果。

5、特写法

特写法，就是重点描绘人物肖像的某一部位的方法。特写，一种电影拍摄手法，是用极近的距离拍摄人或物的某一部分，使其特别放大，以取得突出和强调的效果。人物肖像描写采用这种方法，可以刻画人物肖像某一部位细微变化，反映在这一部位的细节特征，给人以深刻的印象。

在描绘人物肖像的时候，根据文章表达的需要，往往不必详尽而

全面地刻画人物的整体外貌，而只是截取人物肖像中的某一部分，加以集中点染，以达到突出和强调的目的。

运用特写法进行人物肖像描写，应注意以下几点：一是要抓住有代表性的细部来予以突出描绘，这一细部必须有典型意义，其对人物形象的刻画和性格特征的显示必须具有某种决定性作用；二是要注意特写部分与其他部分的统一协调，突出特写部分并不意味着忽略其他部分，人物肖像乃至整个形象的刻画要完整一致。

6、神态法

神态法，就是通过突出描写人物面部表情和神色状态及其变化，来刻画人物肖像的一种写人的方法。采用这种方法，能够更有效地表现人物在不同境遇中的神情变化，进而揭示人物内心活动，反映人物的心灵状态、性格特征及思想感情的波动和发展过程，从而立体地刻画人物，使人物形象更加丰满充实。

运用神态法写人物肖像，应该注重其面部表情的刻画，力争做到细致、逼真、传神。同时还要注意人物在不同场合表情神态的变化，要写出动态，显出活力，给人以感染。另外，除面部表情外，还应注意与人物的外貌、动作、语言、心理等方面的描写结合起来，使之形成一个艺术的整体，体现出统一的格调。这样，才能使神态法描写自然、生动、真切一些，使人物形象统一完整，不至于出现性格的游离和分裂。

肖像描写的语言

肖像描写是指对人物的外在特征，即容貌、衣饰、姿态、神情、肤色、发型、风度等的描写。我们在生活中常有这样的经验，"一见如故"、"一见钟情"、"第一印象"等，而这些"第一"便是人物的肖像，肖像成功与否，在一定程度上影响了文章的人物塑造。形象逼真的描绘，能使人物栩栩如生，活灵活现。而肖像描写最关键的是

语言，语言要丰富多彩，简练贴切，形象生动。下面具体谈谈作文中肖像描写的语言要求。

1、语言要新鲜活泼，丰富多彩

学生最容易犯的一个毛病就是语言枯燥干巴，人云亦云。比如写小女孩，大多是水汪汪的大眼睛，弯弯的眉毛，樱桃小嘴等。写男子汉大多是四方脸，大眼睛，魁梧的身躯。描写反面人物总是猥琐不勘，描写正面的人物总是器宇轩昂。这种描写实在无助于人物形象的塑造。其结果不是不考虑描写对象，千篇一律，就是把人物脸谱化，公式化，简单化了。

一个人物内在的美丑，决不是依外貌而定的，王熙凤相貌实在叫人爱，可她却有一副蛇蝎心肠。李逵相貌丑，却胸怀坦荡。掌握大量的描写词汇，是写好人物的基础。有了丰富的词汇，写作时就能左捡右挑，如鱼得水，语言也就有起色了。

所以平时应注意收集词汇，留心记忆，不断积累，丰富自己的语言宝库。比如脸的描写，就脸型来说：有方脸、瓜子脸、圆脸、鹅蛋脸、猴儿脸、马脸，等等；就发型来说：有长发、短发、三七开、五五开，有刘海、卷发、披肩、长辫、短辫，等等；就脸色来说：有黑脸、红脸、白脸、粉脸、灰脸、黄脸、枣儿脸、桃花脸、脸色铁青、黝黑、干黄、腊白、红润、面庞白净、黄瘦、茶色、灰黄、清秀、俊俏、憔悴，等等。总之，我们语言材料越丰富，写作时就越能应付自如。另外还要认真观察，从细微之处，窥见人物的内心世界，通过观察，比较不同人的不同特征。

2、语言要简炼

肖像描写有时可以泼墨如水，有时要惜墨如金。契诃夫说过："五张描写得很详细的脸，会使读者注意力疲劳。"因此在描写中可以运用白描手法，用经济的笔墨，精炼质朴的文字对人物进行描写，寥寥几笔勾勒出人物的特征，即鲁迅说的："有真意，去粉饰，少做作，勿卖弄。"白描重在传神，很少用比喻。例如鲁迅的《药》这样写小栓：

> ……小栓坐在里排的桌前吃饭，大粒的汗水从额上滚下，夹袄上贴住了背心，两块肩骨高高凸起，印成一个阳文'八字'。"

这段描写抓住小栓淌虚汗，瘦削的肩骨等主要特征，传神勾勒出一个肺结核患者的外貌。

语言要精炼，还要注意炼字，炼句。例如："一人掌着钎子，他手上的虎口被震裂了，裂纹里浸着血。"其中"虎口"是自然在手上，因而不必加上"手上"这个限制语；例如："她是一个美丽清秀

可爱又非常聪明伶俐的好姑娘。"其中意思重复很多,可以删掉枝节,把句子改成"她是一位清秀又伶俐的姑娘。"所以描写要尽量简炼,以少总多,求得传神之笔。

3、语言要准确、贴切

要做到准确、贴切,就要善于抓住人物的肖像特征,写出人物的身份、职业、环境和内在性格的特点。

肖像描写除了语言贴切,还要注意词汇的词义大小和感情褒贬色彩。《从百草园到三味书屋》中的:"……读到这里,他总是微笑起来,而且将头仰起,摆着,向后拗过来,拗过去的。"原稿中的"头"是用"面",在修改中,认为动词"摆、仰、拗"动作受动部位是整个头而不是脸,所以把"面"改成"头",这样一改,就准确无误了。

又如叶圣陶的《多收了三五斗》原稿是"比去年却不如,只有五块钱,伴随着一幅懊丧到无可奈何的嘴脸。""嘴脸"是贬义词,这里写的是贫苦农民兄弟,原稿没有注意到词的感情色彩,因而错了,后改成"神色",显得通顺、准确。

行动描写的概念与方法

什么是行动描写

行动描写是对人物举止、动作、行为的描写。行动描写解释、表现人物的性格和心理。行动描写能表现人物性格、心理、神态。

通过语言文字表现人物自身在矛盾斗争中的行动,来展示人物的性格特征和精神面貌的描写。在文学作品中,人物行动描写是塑造人物的主要手段。茅盾说:"人物的性格必须通过行动来表现。"又说:"既然人物的行动是表现人物性格的主要手段,那么,人物性格是不是典型的,也就要取决于这些行动的有没有典型性。"

人物的每一行动都是受其思想、性格制约的,因此,具体细致地描写某一人物在某一情况下所作出的反应——主要是动作反应,就势必显示出了这一人物的内心活动、处世态度、思想品质。成功的动作描写,可以交代人物的身份、地位,可以反映人物心理活动的进程,可以表现人物的性格特征,有时候还能推动情节的发展。

行动描写的方法

行动描写是对人物的行为和动作的描写。"能把个人的性格、思想和目的最清楚地表现出来的是动作,人的最深刻方面只有通过动作才能见诸现实"(黑格尔《美学》),可见行动描写是反映人物思想、性格、心理等有效手段之一。成功的行动描写往往给人留下极为深刻的印象,孙悟空的抓耳挠腮,孔乙己的"排出九文大钱"都是行动描写的范例。那么怎样才能写好行动描写呢?

首先,要精心选择恰当的动词,描写人物富有个性的习惯性动作,以此表现人物的思想、性格。

如鲁迅的《药》中有这样一段描写:

……黑的人便抢过灯笼,一把扯下纸罩,裹了馒头,塞与老栓;一手抓过洋钱,捏一捏,转身走了。

作者对康大叔取钱的动作描写,用了"抓"、"捏"等动词,准确地写出了他接钱、数钱的熟练程度,生动地刻画了康大叔凶狠、贪婪、惯于敲诈的丑恶嘴脸。

第二,观察要细致入微,要善于捕捉人物细微的动作,以此反映人物的心理。

如巴尔扎克《守财奴》中的老葛朗台临终之时,当"十字架、烛台和银镶的圣水壶一出现",不仅他的"似乎已经死去几小时的眼睛立刻复活了,目不转睛地瞧着那些法器",就连"他的肉瘤也最后地动了一动"。这一动作方面的细节描写,鞭辟入里地揭示了老葛朗台对金钱的强烈占有欲望至死也没有改变的。

第三,要描写人物连续性的动作,使描写富有动感,以此传神。

在鲁迅的《药》中的描写"抢"、"扯"、"裹"、"塞"几个动词,准确生动地表现了刽子手康大叔的蛮横态度,不耐烦的心情。"抓"、"捏"两个动词准确地写出了他接钱,数钱的熟练程度。这

一连串的动作,十分形象生动地刻画出了康大叔凶残、贪婪的嘴脸。

在行动描写里,也可以适当地插入一些肖像描写。肖像描写是指对人物容貌、神情、姿态、服饰等外在特征的描写,它同样是刻画人物性格和心理的有力手段之一。成功的肖像描写能表现人物的社会地位,生活环境,思想情绪,提示人物的内心世界和性格特点。人的服饰也往往与人的性格、身份有关,能反映出一个人的追求、好恶。

这种肖像描写有许多。如鲁迅的《祝福》中的一段描写:

……头上扎着白头绳,乌裙,蓝夹袄,月白背心,年纪大约二十六七……

曹雪芹在《林黛玉进贾府》中的描写:

头上戴着束发嵌宝紫金冠,齐眉勒着二龙抢珠金抹额;穿一件二色金百蝶穿花大红箭袖,束着五彩丝攒花结长穗宫绦,外罩石青起花八团倭缎排穗褂;登着青缎粉底小朝靴。

虽然《祝福》句中有动词"扎",《林黛玉进贾府》句中有动词"戴、勒、穿、束、罩、登"等,但这两句同样不是行动描写,而是对人物服饰的描写,属于肖像描写。前一句中"头上扎着白头绳"交代了祥林嫂新寡的悲惨境遇;后一句的肖像描写交代了贾宝玉是富家子弟的身份与地位。

行动描写的方法有许多种,有时不易辨识,对此我们应当引起足够的重视,不能人云亦云。

行动描写的作用和技巧

行动描写的作用
1、凸现性格特征
我们首先来看看曲波在《林海雪原》中的一段描写:

　　于是他噗嗤一笑,磕了磕吸尽了的烟灰……慢吞吞、笑嘻嘻地吐了一口痰,把嘴一抹说道:"……你怎么知道我是共军呢?嗯?!你说说我这个共军的来历吧!"说着他朝旁

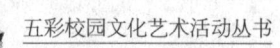

边椅子上一坐,掏出他的小烟袋,又抽起烟来。

炉匠一说出杨子荣"不是胡彪,是共军",局势便危急得一触即发。杨子荣"笑"、"磕"、"吐"、"抹"、"说"、"坐"、"掏"、"抽"等一系列动作,把他沉着冷静、从容镇定、大智大勇的性格特征活灵活现地表现了出来。

2、反映内心世界

李汝珍在《镜花缘》中有这样一段描写:

众人连忙收拾。谁知小春、婉如忽然不见了,四处寻找,好容易才从茅厕找了出来。原来二人却立在净桶旁边,你望着我,我望着你,倒像疯癫一般,只管大笑;见了众人,这才把笑止住。

秦小春、林婉如得知考中才女后,竟反常地躲到茅厕里。两个"望",一个"大笑",正是他们极度喜悦时的反常动作,反映出其内心对功名的狂热追求。这一动作描写与《儒林外史》范进中举后的疯癫描写异曲同工。

3、突出作品主题

茅盾在《子夜》中有这样一段描写:

他蓦地一声狞笑,跳起来抢到书桌边,一手拉开了抽屉,抓住一枝手枪来,就把枪口对准了自己的胸口……窗外是狂风怒吼,斜脚雨打那窗上的玻璃,达达达地。可是那手枪没有放射。吴荪甫长叹一声,身体落在那转轮椅子里,手枪掉在地上。

小说中原来坚毅果断、刚愎自用、颇有魄力的吴荪甫至卷末竟然落得几欲自杀的困境。他的"狞笑"、"长叹",他的歇斯底里的"拉"、"抓"、"对准"等动作,都有力地暗示着吴荪甫悲剧命运的认识意义——在半封建半殖民地的旧中国,民族资产阶级难逃失败的结局,靠民族工业来发展中国只能是幻想。

4、交代身份地位

曹雪芹在《红楼梦》中有这样一段描写:

> 刘姥姥……到了荣府大门前石狮子旁边,只见满门口的轿马。刘姥姥不敢过去,掸掸衣服,又教了板儿几句话,然后溜到角门前,只见几个挺胸叠肚,指手画脚的人座在大门上,说东谈西的。刘姥姥只得蹭上来问:"太爷们纳福。"

挺胸叠肚者高人一等,与刘姥姥"掸"、"教"、"溜""蹭"等动作所体现的窘态形成对比。在对等级森严的封建制度的鲜明揭示中,不难看出刘姥姥身份的卑贱和地位的低下。

5、推动情节发展

塞万提斯在《堂·吉诃德》中有这样一段描写:

> 他浑身披挂,骑上驽骍难得,戴上拼凑的头盔,挎上盾牌,拿起长枪,从院子的后门出去,到了郊外……他一面说,一面踢动驽骍难得,托定长枪,一道电光似的直冲下山坡去。

堂·吉诃德每次"骑马"、"戴盔"、"托枪"、"直冲"这一系列富有特征性、戏剧性的行为都成为一连串荒唐可笑事件的前导,动作描写具有凸现性格和推动情节的双重功能。

行动写作的技巧

1、描写具体

请看下面两段话：

原句："王敏每次听课都十分认真，非常专心。她从来不做小动作，也不和旁边的同学说话，把老师讲的都记住了。"

改句："上课时，王敏总是很认真地听讲。她面对黑板，腰板直直地挺着，双脚成九十度平踏在地上，眼睛睁得圆圆的盯着老师和黑板，有时还眨巴着眼睛思考，有时边听边点着头记。"

这两段话，第一段，王敏怎样认真听课的行为动作没有写具体，所以读者看不出王敏怎样认真的样子。第二段写出了王敏在听课时身子怎么坐，双手怎么放，眼睛怎么看，从而把王敏认真听课的样子描

写得栩栩如生,显得非常具体、真实。只有细致生动地写出人物的动作,才能具体表现人物的思想性格。

2、动作描写要细致分解

传统的武打动作或电视镜头,往往把一种行为分解成若干个部分,把一个大动作细化为几个小动作,然后分别对每一个部分、每一个小动作按一定层次具体展示或描写,使整个动作行为栩栩如生。

例如:《从百草园到三味书屋》中的"雪地捕鸟":

  扫开一块雪,露出地面,用一枝短棒支起一面大的竹筛来,下面撒些秕谷,棒上系一条长绳,人远远地牵着,看鸟雀下来啄食,走到竹筛底下的时候,将绳子一拉,便罩住了。

这里"扫"、"露"、"支"、"撒"、"系"、"牵"、"拉"、"罩"等动词,把捕鸟的动作一一分解开来,形象生动,让我们一看就明白捕鸟的过程或方法是怎么一回事。

3、要选择准确恰当的动词

在描写人物的动作时,使用动词千万不能笼统,如"看"这个动作,在不同情况下,有不同的"看"法:集中视力看叫"盯",睁大眼睛看叫"瞪",从小孔里偷偷看叫"窥",斜着眼睛看叫"瞟",很快地大略看一下叫"瞥",望上看或向前看叫"瞻",以上列举的是一些单音节词;表示"看"的双音节词就更多了——饱览、察看、打量、端详、俯瞰、顾盼、窥探、了望、目击、凝视、旁观,瞥见、觑探、扫视、审视、眺望、围观、巡视、瞻仰等等,要仔细辨别其含义的细微差别,一旦用到,要尽量选择最恰当的,而不宜泛泛地用一个"看"去表现这些有区别的动作。特别是连贯性动作要注意动作的前后联系和各自特征，写得有序而具体。

4、综合法

即把动作描写与语言、心理等其它描写有机结合，取得最佳表达效果。

巴金在《家》中有这样一段描写：

> 红梅枝上正开着花，清香一阵一阵地送到他（觉慧）的鼻端。他伸手折了短短的一小枝，拿在手里用力折成了几段，把小枝上的花摘下来放在手掌心，然后用力一捏，把花瓣捏成了润湿的一小团。他并不知道自己在做什么。可是他满足了，因为他毁坏了什么东西。他想有一天如果这只手变大起来，能够把旧的制度像这样地毁掉，那是多么痛快的事。

折揉红梅的动作与心理融合着写，借景写人，以小喻大，既表现出觉慧对窒息生命的旧社会的愤恨，也微露出未经生活风暴洗礼的觉慧的性格中单纯、幼稚的一面。

5、特写法

运用细致笔调使行为动作如影视中的特写镜头凸现于读者面前。海明威在《老人与海》中有这样一段描写：

老头儿放下了钓丝，把它踩在脚底下，然后把鱼叉高高地举起来，举到不能再高的高度，同时使出全身的力气，比他刚才所聚集的更多的力气，把鱼叉扎进正好在那大胸鳍后面的鱼腰里，那个胸鳍高高地挺在空中，高得齐着一个人的胸膛。他觉得鱼叉已经扎进鱼身上了，于是他靠在叉把上面，把鱼叉扎得更深一点，再用全身的重量推到里面去。

作者把笔墨集中在处于特定时空的鱼叉上，"举"、"扎"、"靠"、"推"等动作构成精彩的特写镜头，使人从惊心动魄的搏斗中形象地体味到人的伟力、气魄和智慧。

6、对比法

列夫·托尔斯泰在《复活》中有这样一段描写：

书记官站起来，开始宣读起诉书。……结果他的声调就混合成不间断的嗡嗡声，听得人昏昏欲睡。法官们一忽儿把胳膊肘倚在圈椅的这边扶手上，一忽儿倚在那边扶手上，一忽儿闭上眼睛，一忽儿又睁开，彼此交头接耳。有一个宪兵好几次把刚要开口打呵欠的那种痉挛动作压下去。……玛丝洛娃听着书记官朗读，眼睛盯住他，时而呆呆不动地坐着，时而全身一震，仿佛打算反驳似的，涨红了脸，后来却沉重地叹了口气，把手换一个放处，往四下里看一眼，随后又凝神瞧着宣读的人。

法官们"一忽儿"中变换动作所表现的漫不经心、草菅人命，与玛丝洛娃"震"、"涨"、"叹"等动作所表现的全神贯注、抗争无门构成对比，读者从中读出了沙皇统治下底层人民的苦难冤情和法律制度的虚伪、专制。

7、特征法

精选富于特征性、个性化的词语简洁传神地进行描写。我们来看看吴承恩在《西游记》中的描写：

在那山坡前，战经八九个回合，八戒渐渐不济起来，钉耙难举，气力不加。……那呆子道："沙僧，你且上前来与他斗着，让老猪出恭来。"他就顾不得沙僧，一溜往那蒿草薜萝荆棘葛藤里，不分好歹，一顿钻进；哪管刮破头皮，搠伤嘴脸，一毂辘睡倒，再也不敢出来。但留半边耳朵，听着梆声。

"一溜"、"不分好歹一顿钻进"、"一毂辘睡倒"等动作描写只能属于猪八戒，其自私可笑的性格特征表现得惟妙惟肖。

8、写出连贯的动作

描写一个人的动作要进行分解，也就是说一个人的动作是由一系列地动作构成的。把一个大动作分解成几个小动作，抓住人物最有特征的动作，一一进行叙述，那么整篇文章就能把人物动作写具体了。

有些同学认为人物动作难写，原因是人物的动作往往是一闪而过，既难观察又难描写。其实，再复杂、连贯的动作，都不是一下子就能完成的，在观察和描写时，如果把动作分解成若干步骤，一步一步仔细观察，并选择恰当的动词一步一步地描写，就不难把人物动作写具体了。

例如:他把爆竹放到地上,身子离得老远,伸长胳膊,一点儿一点儿地往前凑。他手打着哆嗦,还没等点着爆竹芯,吓得扭头就跑。

这个片断中的一连串动作可以分解为三步:一是把爆竹放在地上;二是伸长胳膊往前凑;三是手打哆嗦,扭头就跑。可以用"放到、伸长、凑、打哆嗦、跑"等五个动词,准确地描述出这几个连续动作,既具体地写出了"他"放爆竹的经过,又生动地表现出"他"胆小、谨慎的性格特点。

9、准确运用词语描写人物行动

这里的"准确",包括两层含义:一是体现人物特点;二是符合生活实际。

这是把行动写具体的首要条件。不同性别、性格、年龄、身份的人,行动的特点也一定是不同的;人在不同情景、环境中,行动的特点更是不同的。写好人物的举止动作,能更好地表现人物鲜明个性与思想境界,使人物形象更具活力。

例如:《景阳冈》一文中描写武松打虎那一节,通过"劈下来、抱起、跳、退、丢、揪、按、踢、揪住、只顾打"等一系列动作,把武松打虎的情景描写得非常具体生动。因此,在描写人物动作时,要准确使用词语,精选动词,力求把人物的动作写得准确、具体、鲜明,这样才能把人物的动作、形象,逼真地写出来。

很简单的事例:男生吃西瓜的行动,和女学生一定是不同的;三伏天,半天又没喝到一口水,此时吃起西瓜的行动与平日也一定是不同的。这就提醒同学们,在描写人物行动时,务求做到"准确"二字——抓住人物行动的特点写,抓住人物在特定情境中行动的特点写;实事求是,人物是怎么做的,就怎么写,真实地反映生活实际。

动作描写的注意事项

要表现人物的品质

我们经常说:"行动从思想中来",就是说人物的行动要符合人物的思想品质,每个人都有着不同的性格,不同的感情,不同的内心世界。具有典型意义的人物动作描写,能使人物形象更加生动,更加鲜明。在描写人物动作时,不仅要写出他在做什么,而更重要的是描写他是怎样做的。通过人物的动作,表现人物性格特点和精神面貌。

写人叙事中穿插写

人物的动作描写不是孤立的,要放在具体的事件中写人物的动作,也就是说在叙事过程中,需要表现人物某方面的特点或品质时,可进行一连串的动作描写,使人物通过典型的、细致的动作描写,更形象生动地展现在读者面前。

用词准确、生动、形象

行动描写首先要做到用词准确,特别是理解各个动词的准确含义,在平时多积累一些动词。

在用词准确的基础上还要做到生动形象,动词要能表现人物的神态,有形象感,像播放电影电视一般,可以通过动感强的动词、各种修辞手法和各种修饰语让人物活起来。

描写要具体

行动描写不仅要告诉读者人物在做什么,更关键的是告诉读者人物是"怎么做"的。"怎么做"就要求把人物具体动作描绘出来。

> 他一句一句地审阅，看完一句就用铅笔在那一句后面画一个小圆圈。他不是普通的浏览，而是一边看一边在思索，有时停笔想一想，有时还问我一两句。

抓住关键动作
个人动作、反常动作、幽默动作、夸张动作。个性动作指的是一个人常规的、符合他性格特点的行为动作。一言一行，透出性情，描写出人物个性鲜明的动作，可以展示出人物的性格。

反常动作是指人物按其常规来说不应该做出的但在特殊情境下却出现的令读者意想不到的动作。

幽默动作指的是把人物的动作和情节配合起来，故事情节的发展产生幽默诙谐的行为动作。

夸张动作指的是一些特别的夸大的平时较少出现的动作，抓住这类动作能生动的刻画出非同寻常的景象，突出主题。

动作要能反映人物心理
动作是人物内心的外在表现，因此行动描写要能够反映人物的心理面貌和思想感情。

> 水生小声说："明天我就到大部队上去了。"女人的手指震动了一下，想是叫苇眉子划破了手，她把一个手指放在嘴里吮了一下。

NO3. 语言与心理描写写作指导

语言描写的概念与特点

什么是语言描写

语言描写是塑造人物形象的重要手段。成功的语言描写总是鲜明地展示人物的性格，生动地表现人物的思想感情，深刻地反映人物的内心世界，使读者"如闻其声，如见其人"，获得深刻的印象。语言描写包括人物的独白和对话。独白是反映人物心理活动的重要手段。对话可以是两个人的对话，也可以是几个人的相互交谈。描写人物的语言，不但要求作到个性化，而且还要体现出人物说话的艺术性。

"言为心声",不同思想,不同经历,不同地位,不同性格的人,其语言也是不同的。鲁迅曾说过:"如果删掉了不必要之点,只摘出各人的有特色的谈话来,我想,就可以使别人从谈话里推见每个说话的人物。"能够让读者从"各人有特色的谈话"中来"推见每个说话人",这便是成功的语言描写。

语言描写的特点

文学是语言的艺术,文学作品是以语言为工具来反映生活的,语言是作者塑造形象的最基本的物质材料。因此,高尔基说:"文学的第一要素是语言。"

文学作品中的语言,包括两个方面:人物的语言和叙述人的语言。我们这里所说的语言描写,是指文学作品中人物语言的描写。人物语言包括独白、对话。独白是没有对方时人物的自言自语,或者是篇幅较长而不被对方打断的讲话。对话是两个人的对答,或者是几个人的互相交谈。

人物语言是文学作品的一个组成部分,是塑造形象的一个重要手段。古人说"言为心声",语言是表达人物思想感情的工具,是展示人物性格特征的镜子,是袒露人物内心世界的窗户。

1、语言描写反映人物的心理活动

想的直接体现,读者应该从人物独白中清楚地看到人物,内心深处的真情实感,行为的动机,追求的目的,行将采取的措施等等。而人物之间的对话,则应该随着情节的开展逐步表现出不同性格的人物的不同的感情,显示人物之间的内心交流。它虽然不如独白那样直接、坦露,却同样应该使人感受到人物的情感的变化,触摸到人物的心灵深处。

2、语言描写要性格化

要在描摹语态,叙写对话过程中表现出"这一个"的个性特征

来。诸如阿Q的精神胜利，孔乙己的腐迂，周朴园的虚伪冷酷，吴荪甫的狡诈恃强，觉新的委曲求全，虎妞的泼辣粗野，三仙姑的装神弄鬼，李双双的热情爽直，等等。做到从"有特色的谈话中"来"推见每个说话人"的具体性格。

所谓语言有个性，就是什么人说什么话。语言大师老舍说过：一个老实人，在划火柴点烟而没点燃的时候，就会说："唉，真没用，连根烟都点不着！"相反，一个性情暴躁的人呢，就不是这样说，而是把火柴往地上猛地一摔，高叫道："他妈的！"

除了写"说什么"，还要写"怎么说"。有些学生写人物对话的时候，只去注意写人物说的话，而不注意描写人物说话时的神态、动作，老是"我说"、"你说"、"他说"，而导致写出来的文章干巴、乏味。

3、形式规范，用法灵活

语言描写的两个基本组成部分是引语和提示语。引语指引用的人物原话，反映到书面即引号之内的内容；提示语则在引号之外交代说话者及其情态。按提示语和引语位置的不同组合，语言描写一共有五种基本形式：提前引后式、提后引前式、提中引两边、提两边引中、没有提示语。

我们在作文时，不要只用一种描述形式，可以几种描述形式交替使用，这样在表达形式上才不会显得单调。

作文是用来反映生活、为生活服务的，只有立足于生活的写作，文章才可能生动活泼。语言描写也是如此。要让人物的语言具有生活化的鲜明特点，还需注意两点"多用俚语，兼顾身份"。描写人物语言，特别是对话时多用短句，多用变化性强的句式，不必拘泥于语言结构的完整，反而更能发挥生活化语言的优势。而且，有道是"三句半不离本行"，人物语言都带着明显的身份、职业及性格特点。

4、人物语言并不是单纯的、机械的表达

有些学生写人物对话的时候,只注意写人物说的话,而不注意描写人物说话时的神态、动作。写活人物对话,还要注意说话人的"声"以及"像",从多个角度综合描绘,注意"声像并重,多维刻画"。

首先,我们先来看一下"像",我们在说话的时候除了会有话语,还会有相应的面部表情和动作,在这里,我们称之为神态表情和体态语言。融入人物的神态表情。每个人说话时的表情各不相同,同一人物不同时候说话的表情有所不同。所以写人物语言时还要写出人物说话的表情神态。

接着,我们来看一下"声",我们在说话的时候,音调会有起伏变化,也会有轻重区分,写人物语言时,注意音色、音量的变化,同时写出说话者说话时的语音语调,如声音的大小、高低、急缓等,语言的形象感会更强。

语言描写的要领与技法

语言描写的要领

"语言是思想的直接现实",通过人物的语言,可以表达人物的性格特征。所谓"如闻其声,如见其人",可以说明语言描写的功能和作用。那么,怎样才能使人物的语言成为人物形象塑造的一个有机组成部分呢?

1、语言要能显示人物的身份、职业、地位、经历

俗话说:"三句话不离本行。"行话运用适当,人物的身份便自然而然得到了介绍。

2、语言描写要能够表现人物的思想感情

语言是思想的直接体现，读者应该从人物独白中清楚地看到人物内心深处的真情实感，行为的动机，追求的目的，行将采取的措施等等。而人物之间的对话，则应该随着情节的开展逐步表现不同性格的人物不同的感情，显示人物之间的内心交流。它虽然不如独白那样直接、坦露，却同样应该使人感受到人物的情感的变化，触摸到人物的心灵深处。

3、语言描写要性格化，符合人物的身份

大千社会，人物种种色色，每一个人的性格都各不相同，所以在描写人物性格时，一定要有自己的特征，要符合人物的身份，千万不能把街头乞丐的语气写得趾高气扬；又或是把老人的语言写得太过"儿童化"。这些都是写作的大忌。

4、语言描写要成为作品的有机组成部分

语言描写还应用来预示和推动故事情节的发展，交代事情的来龙去脉，或通过语言描写介绍环境或时代背景，或借人物之口作议论以深化主题，使语言描写成为作品的有机组成部分。

5、语言描写要生动、简洁，力忌八股调、学生腔

生动、简洁是写作的生命，任何拖沓、啰嗦的文章都会引起读者的反感，并最终被人们抛弃。另外，八股腔、学生腔也因其行文的呆板、生硬，不受人们欢迎。为此，我们在作文或写作时，一定要正确运用写作的技巧，努力提高创作水平，这样，才会写出有水平，高质量的作品。

语言描写的技法

1、间接描写人物和景物

汉乐府《陌上桑》中有这样一段描写：

"使君谢罗敷：宁可共载不？"罗敷前置辞："使君

一何愚！使君自有妇，罗敷自有夫。东方千余骑，夫婿居上头。何用识夫婿？白马从骊驹，青丝系马尾，黄金络马头，腰中鹿卢剑，可值千万余。十五府小吏，二十朝大夫，三十侍中郎，四十专城居。为人洁白晳，鬛鬛颇有须。盈盈公府步，冉冉府中趋。坐中数千人，皆言夫婿殊。

这里通过罗敷的话，间接地把她丈夫的身份、地位、风度介绍了出来。当然，这些也有可能是罗敷为了摆脱太守的纠缠而故意编造出来的。

2、描写同一人物前后不同的语言

施耐庵、罗贯中在《水浒全传》中有这样一段描写：

那差拨不见他把钱出来，变了面皮，指着林冲骂道："你这个贼配军，见我如何不下拜？却来唱喏！你这厮可知在东京做出事来，见我还是大剌剌的。我看这贼配军，满脸都是饿文，一世也不发迹！打不死，拷不杀的顽囚！你这把贼骨头，好歹落在我手里，教你粉骨碎身。少间叫你便见功效。"把林冲骂得一佛出世，那里敢抬头答应。众人见骂，各自散了。

林冲等他发作过了，去取五两银子，陪着笑脸告道："差拨哥哥，些小薄礼，休言轻微。"差拨看了道："你教我送与管营和俺的，都在里面？"林冲道："只是送与差拨哥哥的；另有十两银子，就烦差拨哥哥送与管营。"差拨见了，看着林冲笑道："林教头，我也闻你的好名字，端的是个好男子：想是高太尉陷害你了。虽然目下暂时受苦，久后必然发迹。据你的大名，这表人物，必不是等闲之人，久后必做大官。"

差拨初出林冲,因对方没有给他钱,就破口大骂,视若仇敌,可当林冲拿出五两银子送给他后,他摇身一变,由詈骂变成恭维和"同情",仿佛知己。前后表演,判若两人。难怪林冲感叹道:"有钱可以通神",此言不差。

3、相关人物语言的对比描写

汉乐府《东门行》中有这样一段描写:

出东门,不顾归;来入门,怅欲悲。盎中无斗米储,还视架上无悬衣。拔剑东门去,舍中儿母牵衣啼:"他家但愿富贵,贱妾与君共铺糜。上用仓浪天故,下当用此黄口儿。今非!"

"咄!行!吾去为迟!白发时下难久居。"

一个城市贫民被生活逼得走投无路，不得不铤而走险，妻子却不肯让他去冒险犯法，极力劝阻。这对贫苦夫妻的对话鲜明地表现了他俩矛盾的性格特征，丈夫刚强坚定，勇于反抗，妻子则顾虑重重，逆来顺受。

4、简笔勾勒

在《战国策·触龙说赵太后》一文中，有这样一段描写：

左师触龙言愿见太后。太后盛气而揖之。入而徐趋，至而自谢，曰："老臣病足，曾不能疾走，不得见久矣。窃自恕，而恐太后玉体之有所郄也，故愿望见太后。"太后曰："老妇恃辇而行。"曰："日食饮得无衰乎？"曰："恃粥耳。"曰："老臣今者殊不欲食，乃自强步，日三四里，少益耆食，和于身也。"太后曰："老妇不能。"太后之色少解。

这一段对话纯用白描手法，表面看非常平淡，没有多少出奇之处，实则潜台词很丰富。细想前后问答，如同一个善弈者，初看其闲闲置子，似觉无用；等到成局之后，才知自头至尾，无一虚着。

5、运用修辞添手法

修辞是一项富于实效性的语言表述方式，用得好，可以达到化抽象为具体、化贫瘠为丰满、化粗略为细腻的效果。如一位同学在《关心》一文中，是这样描写地球的：

在远古时代，地球就像一位年轻漂亮的女子。绿荫如盖的大地，是她美丽的肌肤；浩瀚无垠的大海，是她美丽的衣裳；交错分布在她周身的江河湖泊，是她日夜奔腾不息的血管。

作者采用比喻、拟人的手法，既写出了森林、大海和江河湖泊的美丽可爱，又体现了自己对地球的热爱、对环境的关心。作文时，我们应当尽量发挥自身思维活跃、富有想像力的特点，学会把修辞手法恰到好处地引入文中。

6、善用名言增文彩

名言警句，经过了历代时空的检验，具有鲜明的表达效果。我们在写作时恰当运用，能收到"事半功倍"、"画龙点睛"之效。

如写勤奋之类的文章时，可以引用"业精于勤荒于嬉，行成于思毁于随"、"锲而不舍，金石可镂"；谈理想时，可以引用"先天下之忧而忧，后天下之乐而乐"等名句；要颂扬人物的品质，你就可以用"出污泥而不染，濯清涟而不妖"来形容。在《春》一文中便有这样的话："吹面不寒杨柳风"，不错，像母亲的手抚摸着你。

在这里，朱自清先生古为今用，生动地绘出了春风拂面时的柔和、飘逸和清新之感。

7、巧用幽默出生气

看电影，大家喜欢诙谐有趣的；同学之中，会调侃的最有"人气"。写作文也是这个道理。许多佳作，往往写得意到笔随，甚至在稍稍闪出的那么一点点不正经里，文章顿然有了生气。

一位同学在《老师，你好》一文中是这样描写老师的：

> 我班的化学老师身材干瘦，就如一个试管，实在标志极了。他虽然年逾古稀，但头发却很黑，眼睛终年含有丰富的H20，看上去像孩子般天真。大伙送她一个雅号："老顽童"。

这段文字，以漫画的笔调勾画出了化学老师的形象，风趣中跳荡着一丝叛逆，幽默中蕴含一缕真情，巧妙地捕捉住了浓郁的生活气息，表现出了作者对老师难以抑制的喜爱之情。其鲜明的语言个性可见一斑。宋代诗人黄庭坚说："嬉笑怒骂，皆成文章。"的确，文章用幽默式的语言写生活、诉真情，引人入胜。

由此可见，作文中的语言描写还真不是写谁说了句什么话那般简单，需要多多的琢磨和思考。只要在生活中注意观察、多听多看，勤动笔，就必定能够写出鲜明生动、富有表现力的人物语言来。

8、用叙述的方法描写人物语言

鲁迅在《祝福》中有这样一段描写：

> 他比先前并没有什么大改变，单是老了些，但也还未留胡子，一见面是寒暄，寒暄之后说我"胖了"之后即大骂其新党。但我知道，这并非借题在骂我。因为他所骂的还是康

有为。但是，谈话是总不投机的了，于是不多久，我便一个人剩在书房里。

小说开头写"我"回故乡后的所见所闻，三言两语即勾画了鲁四老爷这个道学家的嘴脸。作者并没有直接描写"我"与鲁四老爷见面时的谈话，只是通过"我"的简洁转述，把鲁四老爷见面寒暄、大骂新党的情态活画出来，可见他是封建地主绅士中的顽固派。这种间接描写的方法，笔墨经济，省去了烦琐的对话，用精炼的语言突出了人物的主要特征。

9、与其他描写配合运用

司马迁在《史记·鸿门宴》中有这样一段描写：

于是张良至军门见樊哙。樊哙曰："今日之事何如？"良曰："甚急！今者项庄拔剑舞，其意常在沛公也。"哙曰："此迫矣！臣请入，与之同命。"哙即带剑拥盾入军门。交戟之卫士欲止不内。樊哙侧其盾以撞，卫士仆地，哙遂入，披帷西向立。瞋目视项王，头发上指，目眦尽裂。项王按剑而跽曰："客何为者？"张良曰："沛公之参乘樊哙者也。"项王曰："壮士——赐之卮酒！"则与斗卮酒。哙拜谢，起，应而饮之。项王曰："赐之彘肩！"则与一生彘肩。樊哙覆其盾于地，加彘肩上，拔剑切而啖之。

作者把人物的对话、行动和肖像描写结合起来，表现出樊哙怒发冲冠，闯入敌营，置生死于不顾的壮士形象。

语言描写的重要作用

表现人物的性格

语言是表达人物思想感情的工具,因此,人物的语言描写,能披露人物的内心世界,展示人物的个性特征。只有这样,才能使人物语言克服一般化、雷同化的弊病。

如巴尔扎克的《欧也妮·葛朗台》,描写了葛朗台与欧也妮一段精彩的对话:

他对欧也妮说:"好孩子,现在你承继了你母亲啦,咱

们中间可有些小小的事得办一办。"……

"难道非赶在今天办不行吗，父亲？"

"是呀，是呀，小乖乖。我不能让事情搁在那儿牵肠挂肚。你总不至于要我受罪吧。"

"噢，父亲……"

"好吧，那么今天晚上一切都得办了。"

通过对话描写，作者将葛朗台这个金钱拜物教的狂热信徒的吝啬、贪婪、冷酷、虚伪的个性特征，和盘托出。

能揭示人物的身份与社会地位

在《水浒传》"林教头风雪山神庙"这一回中，描写了山神庙外三个人的对话。林冲在庙里从说话听出那三个人中一个是差拨，一个是陆谦，一个是富安。

> 端的亏管营、差拨两位用心！回到京师，禀过太尉，都保你二位做大官。这番张教头没得推故！

这是陆谦说的，特殊地位，不一般的身分，加上满口官腔，活现出他的特性。

> 林冲这番直吃我们对付了！高衙内这病必然好了！
> 再看一看，拾得他一两块骨头回京，府里见太尉和衙内时，也道我们也能会干事。

从话语中的庆幸态度和带有夸功请赏的口气，可知这是高府地位低微的奴仆富安说的话。

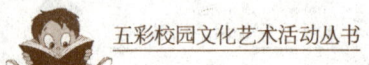

小人直爬入墙里去,四下草堆上点了十来个火把,待走那里去!

又极力表现自己遵命效劳,显出一副奴才嘴脸。三个人的对话都是高度性格化的,真是闻其声如见其人。

反映作品的主题与时代特点等

在《我的叔叔于勒》中有这样一段描写:

父亲总要说那句永不变更的话:"唉!如果于勒竟在这船上,那会叫人多么惊喜呀!"

母亲也常常说:"只要这个好心的于勒一回来,我们的境况就不同了。它可真算得一个有办法的人。"用语言渲染对于勒的急切的盼望,意在反衬出见到于勒的失望。

毫无疑义,父亲是被这种高贵的吃法打动了,走到我母亲和两个姐姐身边问:"你们要不要我请你们吃牡蛎?"故作优雅,其实这才是噩梦的开始,推动情节发展,使于勒逐步揭去了面纱。

我说:"我给了他十个铜子的小费。"

我母亲吓了一跳,直望着我说:"你简直是疯了!那十个铜子给这个人,给这个流氓!"

前后鲜明的对比,都是金钱惹得祸,他没再往下说,因为父亲指着女婿对他使了个眼色。

心理描写的概念与表现方式

什么是心理描写

心理描写是指在文章中,对人物在一定的环境中的心理状态、精神面貌和内心活动进行的描写。是作文中表现人物性格品质的一种方法。最常用的是描写人物的内心独白,写出人物的所思所想,让人物一无遮掩地吐露自己的心声,说出他的欢乐和悲伤、矛盾和愁郁、忧虑和希望,使读者穿透人物外表,看到人物的内心世界。

通过对人物心理的描写,能够直接深入人物心灵,揭示人物的

内心世界，表现人物丰富而复杂的思想感情。心理描写的目的也是如此，跟肖像描写、语言描写等方法相比，心理描写能够直接叙写人物的七情六欲，揭示人物灵魂深处的奥秘，把单靠外部形象难以表现的内心感受揭示出来，使文学作品中的人物形象立体化，从而显得更为完整和真实。

心理描写的表现形式

1、内心独白

一般使用第一人称。犹如电影中人物思考时的画外音，是倾吐衷肠、透露"心曲"的一个重要手段。

2、动作暗示

人的动作、行为总是受心理活动的支配，从行动中刻划人物的心理活动，揭示人物在特定环境下的内心世界，是心理描写的又一表现形式。

3、景物烘托

即绘景而显情。作品中出现的景物，往往是"人化的自然"，渗透了人物的特定心情。

4、心理概述

又称心理剖析，是作者对人物内心活动的直接描述，一般使用第三人称。由于作者是以旁观者的身份对人物的内心世界进行剖析、评介，因此不但便于比较细腻地表现人物当时当地的思想活动，还可以有进展地概述人物在一段时间内的感情变化，内心斗争，在行文中比较灵活方便。

心理描写要实事求是，恰如其分。不可主观臆造，不可无限制扩大。过于冗长繁琐的心理描写，非但达不到真切感人的目的，反而会令人生厌。只有当它和肖像描写、行动描写、语言描写等多种写作手段有机地结合起来，才能产生良好的效果。

心理描写的方法与作用

心理描写的方法

1、直接描写式

这是最为常见的运用最广泛的一种人物心理描写法,有的句子中含有"想"等关键的字眼作为明显的标志。例如在《陈奂生上城记》中有这样一段描写:

　　推开房间,看看照出人影的地板,又站住犹豫:"脱不

脱鞋?"一转念,忿忿想到:"出了五块钱呢!"再也不怕脏,大摇大摆走了进去,往弹簧太师椅上一坐:"管它,坐瘪了不关我事,出了五元钱呢。"

以上的心理描写就属于直接描写式,它非常恰当的将陈奂生患得患失、狭隘自私的小农经济的心理描写了出来。

2、抒情独白式

这种刻画人物心理的方法,是用抒情的笔法展示人物的内心矛盾和思想斗争。如下面的例子:

我一边跑一边想:看样子是难以逃脱了。扔了米跑吧,山上急等着用粮食,舍不得丢,——而且就是扔了也不一定能逃得脱;不扔吧,叫敌人追上了也是人粮两空。怎么办呢?……这时,洪七还紧跟着我,呼哧呼哧直喘气呢。我听着他的喘气声,蓦地想出了一个法子。可是当我这样想着的时候,我自己不由得浑身都颤抖了起来:儿子,多好的儿子……这叫我怎么跟他妈交代呢。……可是,不这样又不行,孩子要紧,革命的事业更要紧!也许我能替了孩子,可孩子替不了我呀!……

作者用抒情的笔法,写"我"与儿子洪七给山上的红军送粮,在途中遇到了敌人。在万分危急的情况下,是牺牲儿子保护粮食,还是保护儿子?"我"的内心斗争非常激烈,心情极度矛盾、复杂。

3、梦境描绘式

这是一些学生容易忽略的心理描写法。梦境是人所想的集中表现,它同样能揭示人物的性格特征,深化文章的主题等。梦境描绘的文字一般较多，下面选一较短的进行说明：

    这里宝玉昏昏默默，只见蒋玉菡走了进来，诉说忠顺府拿他之事；只见金钏儿进来哭说为他投井之情。宝玉半梦半醒，都不在意。忽又觉有人推他，恍恍忽忽听得有人悲戚之声。宝玉从梦中惊醒，睁眼一看，不是别人，却是林黛玉。

  以上文字，作者就描写了梦境。它既揭示出了宝玉关心体贴少女，思想叛逆，具有民主思想的性格特征，又反映出当时社会中，处于下层地位的人任人宰割的不合理的黑暗现实。

4、心理分析式

  这种心理描写的方法在西方的小说中很常见。即通过剖析人物的心理来展现人物的内心世界，让读者对人物的所思所想更加明了。

  如，莫泊桑在小说《项链》中就运用了心理分析式。他用"她一向就想望着得人欢心，被人艳羡，具有诱惑力而被人追求"，表现玛蒂尔德希望摆脱寒酸、暗淡、平庸的生活，置身于上流社会，成为生活优裕、受人奉承的高贵夫人的梦想；通过"她陶醉于自己的美貌胜过一切女宾"，表现她自觉颇有姿色，具有跳出平庸家庭，爬进上流社会的资本的自信心。

5、神态显示式

  这种描写法是通过写人物的神情来显示人物内心的感情。如，我们常用"他瞥了一眼"或"他撇了撇嘴"等，来表现对人的轻视。

  又如，鲁迅先生在《故乡》中对闰土神情的描写；在《祝福》中对祥林嫂神态的描写等，都很恰当的表出了人物的内心感受，将人物的情感很好的揭示出来，很值得读者去品味。

6、行动表现式

即在小说、戏剧、记叙文中恰当的描写人物富有鲜明个性的动作，传神地揭示出人物的心理活动。

如，鲁迅先生在《孔乙己》中对孔乙己"排出九文大钱"的动作描写，反映了孔乙己得意、炫耀的心理；施耐庵在《林教头风雪山神庙》中对林冲听说陆谦追杀至沧州，不觉大怒，于是用了"买"、"带"、"寻"等几个连续动词，表现出林冲报仇急切的心理。

7、环境衬托式

在小说、戏剧、散文和记叙文中，环境描写是不可缺少的。恰当的环境描写既对刻画人物、反映主题起到很好的作用，又能增添文章的美感。同时，还能衬托出人物的心理。

如，鲁迅在《社戏》中写小伙伴们划船去听戏路途中的景物描写；孙犁在《荷花淀》中对妇女们划船找丈夫时的景物描写，和遇到敌人时的景物描写等，都恰当衬托出了人物的心情。

衬托人物心情的景物描写要求作者抓住景物特征，紧扣人物的心理，最好从视觉、嗅觉、触觉、听觉等方面着墨，将人物的悲喜之情恰当的衬托出来。

值得强调的是，直接描写人物的心理活动，一定要切合人物的年龄、身份和性格特征。心理描写的文段不宜过长，否则会使文章沉闷，有损人物形象的生动性。

8、幻觉展现式

这种人物心理的描写，是通过对人物幻觉的展示，来刻画人物的心理，能揭示文章的主题，请看下面一段文字：

她的一双小手几乎冻僵了。啊，哪怕一根小小的火柴，也会对她有好处的！她敢从成把的火柴里抽出一根，在墙上擦燃了，暖和暖和手吗？她抽出了一根火柴。哧！燃起来了，冒出火焰来了！她把小手拢在火焰上。多么温暖多么明亮的火焰啊，简直像一支小小的蜡烛。这是一道奇异的火光！女孩觉得自己好像坐在一个装着闪亮的铜脚铜把手的大火炉前面。火炉里的火烧得旺旺的，暖烘烘的，她觉得多么舒服啊！但是——怎么回事呢？——她刚把脚伸出去，想把脚也暖和一下，火柴灭了，火炉不见了。她只拿着一根烧过了的火柴，坐在那儿。

她又擦了一根。火柴燃起来了，发出亮光来了。亮光落在墙上，那儿就变得像薄纱那么透明，她可以从那儿一直看到屋里：桌上铺着雪白的台布，摆着精致的盘碗，填满了苹果和葡萄干的烤鹅正冒着热气。更妙的是，这只鹅从盘子里跳下来，背上插着刀和叉，摇摇摆摆地在地板上走着，一直向这个可怜的小女孩走来——这时候，火柴又灭了，面前没

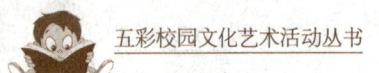
五彩校园文化艺术活动丛书

有别的，只有一堵又厚又冷的墙。

以上的幻觉描写，很好的刻画出小女孩天真、单纯和对温饱渴求的心理。同时，又深刻的揭露了资本主义社会的不平和黑暗。

9、内心独白

所谓内心独白，是描写心理的叙述手法之一，它是一种依赖语言的意识活动。其主要特征有三个，即"内心"、"独"和"白"。"内心"即默然无声，"独"即无人对答，"白"即依赖语言。一言以蔽之，内心独白即独自无声的语言意识。就是让人物说出他自己的思想感情，或对某一问题的看法、想法。可以对人物进行细腻的心理刻画，让人物直抒胸臆，坦陈心迹，淋漓尽致地揭示人物最隐秘的内心世界，让读者更真实更直接地了解人物性格，往往能取得真切感人甚至震撼人心的艺术效果。

10、梦境幻觉

梦境、幻觉描写是一种特殊的心理描写。作家通过对人在梦境里、幻觉中产生的感觉的描写，表达人物的某种心境、意念，特殊曲折地反映客观，加强艺术效果。人物的心理用梦境和幻觉表现，能增添抒情和浪漫色彩，梦中或喜或悲、或笑或泣，往往是人们在现实生活中的感情的曲折反映，可以表达人们各种真实的情感。

心理描写的作用

心理描写在文学创作中所起的重要作用是显而易见的。首先，它有助于突出作品的主题思想。如都德的《最后一课》，通过最后一堂课对小弗朗士严肃而深刻的教育，使他思想受到极大震动，开始觉醒并逐渐成熟起来。

其次，它有助于刻划人物的性格特征和揭示人物的身份、境遇。比如在《红楼梦》三十二回中，当黛玉听到宝玉背地里跟史湘云、袭

人说她从来不说那些"仕途经济"的"混账话"以后,作者黛玉的内心活动作了极为精彩的描绘:

> 黛玉听了这话,不觉又喜又惊,又悲又叹。所喜者:果然自己眼力不错,素日认他是个知己,果然是个知己。所惊者:他在人前一片私心称扬于我,其亲热厚密,竟不避嫌疑。所叹者:你既为我的知己,自然我亦可为你的知己,既你我为知己,又何必有"金玉"之论,也该你我有之,又何必来一宝钗呢?所悲者:父母早逝,虽有铭心刻骨之言,无人为我主张;况近日每觉神思恍惚,病已渐成,医者更云:"气弱血亏,恐致劳怯之症。"我虽为你的知己,但恐不能久待;你纵为我的知己,奈我薄命何!

这段心理描写,将人物内心深处细微曲折复杂的感情表现了出来,极大胆地丰富了人物性格,同时,也深刻揭示了黛玉孤苦无依的身份以及父母早逝、婚姻无人作主的可怜境遇。

心理描写的注意事项

抓住人物特征

心理描写要成为塑造人物形象的有效手段,首先要求抓住人物的本质特征,使心理描写符合人物性格发展的逻辑,成为多方面展现人物性格并完成人物形象塑造的有机组成部分。不要兴之所至,信笔写去,游离了人物而空发议论、徒作感叹,使心理描写成为累赘。

心理小说的情节叙事简单,事件平凡朴实,大量的心理描写为塑造人物性格服务,通过心理描写表现人物的复杂性格。如性格中的反抗与妥协、自尊与自卑、多疑与敏感、感性与冷静的性格特征和气质

特点都通过心理描写刻画得淋漓尽致。情爱与母爱、反抗与激情的性格冲突在心理描写中也得到充分表现。

心理描写要实事求是

不可主观臆造,不可无限制扩大。过于冗长繁琐的心理描写,非但达不到真切感人的目的,反而会令人生厌。只有当它和肖像描写、行动描写、语言描写等多种写作手段有机地结合起来,才能产生良好的效果。

心理描写从属于情节

心理描写依附于情节,不具独立性。情节触动、引发了心理描写,并把心理描写串连起来,体现了传统小说叙述的线性因果关系。它不同于现代心理小说独立存在的意识流描写。

心理小说中的人物经历和心理描述互为层次,有机结合。情节好似引河,心理描写好似水流,它盈满河道,充畅情节,构成了以心理描述为主的叙事结构。情节心理化通常表现为三种情况:引发式、插入式和夹叙式。引发式是以一个很小的事件为引子,以此引出大量的心理描述。

插入式是在心理叙述中插入现实描写的细节。夹叙式是一边叙述情节,一边心理叙述,叙述引出心理描述,心理描述又带出情节。

心理描写的合理性

写人物的心理活动,应写特定的人物在特定的环境中必然产生的心理活动,不能为心理描写而进行心理描写。要在关键的情节、动作、表现出现时,才伴之以心理描写。

写心理活动,要努力写人物细微的感情波澜和复杂的心理变化过程。人物的性格决定了人物的心理,人物的内心活动可表现人物的个性。心理描写要为突出人物思想性格服务。具体来说,理描写可显示人物年龄及身份和推动故事情节发展,突出文章主题。

NO4. 场面与景物描写写作指导

场面描写的概念与特点

什么是场面描写

场面描写，就是对一个特定的时间与地点内许多人物活动的总体情况的描写。它往往是叙述、描写、抒情等表述方法的综合运用，是自然景色、社会环境、人物活动等描写对象的集中表现。常见的有劳动场面、战斗场面、运动场面以及各种会议场面等。

场面描写要表现出一种特定的气氛，单一的表达方式和写作手法是不够的，要综合运用记叙、描写、抒情、议论等表达手段，以及映衬、象征等多种手法，这样才能使场面变成一幅生动而充满感染力的图画。

场面描写的特点

场面描写就是在一定的时间和环境中以展现人物活动为中心的生活画面的描写。描写场面要注意以下几点：

1、点面结合

场面描写有要以整体描写反映全貌，给人一个总的印象，以人物特写突出主体，给人以深刻的印象。这样，才能把整个场面写好。

如：这些学生在号召群众募捐，帮助灾区人民解决困难，重建家园。围观的人听了都伸出一双双热情的手，纷纷把钞票放进箱子里表示一点心意。站在外围的人焦急地等待里边的人快出来，好让自己进去捐款。一位叔叔还大声地叫嚷："你快一点行吗？真是急死人了。"

在这段话中，作者不仅写出了群体的活动，这是面；写一位叔叔的神态和语言，这就是点。这样就叫做点面结合，让场面显得热烈而不单调。

2、场面描写要注意按照一定的顺序进行

一般可以用先总后分、由概括到具体的办法来写，也可以按空间顺序事情的发展顺序来写。

3、场面描写要注意主次

有时一个场面中往往会有很多人，这就要求我们在描写时要突出主角，详写主要人物的语言、动作、表情。

4、要把场面的气氛描绘出来

比如比赛的场面是热闹的、婚礼的场面是喜庆的而葬礼则是悲伤的。

场面描写的方法与要点

场面描写的方法

1、点面结合，以点为主

场面描写要勾画出整幅场景，这是"面"，也要描绘局部细节，这是"点"。具体说，"点"，一般是指场面的中心人物；"面"往往是围绕中心人物而活动的其他人物。点与面的关系是被衬托与衬托的关系，以"点"为主，以"面"配合；有"点"无"面"，不成

其为场,只能说是人物描写;有"面"无"点",往往失去中心,"面"又会散乱无章。

点与面必须同时具备,相互作用,才能使场面描写重点突出,主次分明。如《鲁提辖拳打镇关西》中状元桥下,两边观看的街坊邻居和郑屠的伙计,没有人敢上前劝阻、拦挡愤怒的鲁提辖,鲁达当众怒打郑屠的场面,既有对鲁达个人的描写,也有围观者的众生相。

2、远近结合,以近为主

"近",是指主人公距离作者或读者较近;"远",是指主人公周围较远距离的有关人物和景物,写"近",是为了强化中心,突出主角;写"远",是为了增强垫物,拓宽画面。用墨时,再以近写为主,因为它是重点;远写为次,稍加点墨即可。

例如叶圣陶的《多收了三五斗》共写了三个场面,即柜前粜米,街上购买和船上发泄,每个场面都具有远近描写的内容。如第一个粜米场面,人物柜前的活动是近写。这里,有旧毡帽朋友的失望与哀求,有米店老板的冷酷与奸诈,有米价贵贱的争议,有米质好坏的辩论,有斛子浅满的相持,有洋钱钞票的舌战,这些近写,共占去了30个段落,一千六百多字,写得十分详尽。但仅此易缺乏"面"感,于是作者还有四个段落远写了有关内容。这样,既有近距离的细致刻画,又有远距离的简略点墨,而又以前者为主,远近配合,互为补充,有力地表现了旧社会农民何等不幸的命运。

3、动静结合,以动为主

场面描写与景物描写不同,景物描写侧重于客观自然环境的描写,以静态为主,而场面描写的重点则是众多人物的共同活动,以动态为主。可见,景物描写包括在场面描写之中,这就决定了场面描写不仅要写出人物生活的场点及其周围的客观环境,而且要活动地层示人物的命运发展和言行举止、喜怒哀乐。

例如在《钢铁是怎样炼成的》这篇小说中，写到"筑路"这一段的时候，全文只描写了一个"筑路"的场面。这里，不仅有静态描写，如饱含雨水的乌云，一望无际的森林，阴郁枯瘦的老榆树，孤独的小车站，凄凉的石头房，新修的路基，遍地的泥泞，破旧的板棚等等；更有动态情景的描述，如匪徒的"洗劫"、捣蛋鬼的"破坏"，到处出现的"怠工"、懦弱者的"逃跑"、保尔的"吃苦头"、众人的"开会"、坚强者的"决心"，对逃跑者的"叱骂"，等等。这样，静态的客观描述，渲染了艰苦的环境，烘托了人物性格，动态的充分展示，有力地表现了保尔和筑路队员们坚韧不拔的顽强革命意志和他们不屈不挠、忘我献身的自我牺牲精神。可谓动静有致，情趣盎然。

4、纵横结合，以横为主

场面是一定的空间和时间里出现的，作为反映现实生活的文学作品，场面描写也必然要展示相关的空间和时间。这空间就是"横"的描写，东南西北，左右前后，这里那里，无所不及；这时间就是"纵"的描写，上溯历史，联想以后，古往今来，无所不包。"横"写，意在展现人物的外在活动，体现场面描写的宽度；"纵"写，旨为反映人物的内在活动，增加场面描写厚度。前者是现实的，是眼前所见；后者是历史的或将来的，是心里所想。可见，场面描写必须是横向空间与纵向时间的最佳结合，而必须以横向现实描写为主。例如《挥手之间》，就充分显示了这一特点。

5、多种描写结合，以言行描写为主

场面描写具有综合性，这就决定了必须采用多种描写手法进行场面描写，这些描写手法包括外貌描写、语言描写、行动描写、心理描写、景物描写、细节描写，等等，它们有机结合，综合运用，而又以言行描写为主，这是因为在场面描写中它占着主导地位。例如《分马》就充分显示了这一特点。

当然，以上讲的这些场面描写的方法仅仅是方法而已，我们同学在写作的时候，不能够先想到方法，然后把这个方法生搬硬套到场面的描写中去，这样，必定会失败无疑，而应该是先有场面的内心图景，然后，再考虑用什么样的方法去描写这一场面。

总之，"场面描写"需要观察，球场上激烈竞赛的场面、家宴中喜庆祥和的场面、劳动中你争我赶的场面、离别时依依不舍的场面、抢险中紧张危急的场面等都需要仔细地观察，只有这样，才能把握场面的特点，并充分地表现出来。

场面描写的要点

在场面描写中，人物不能是一个，必须是很多个，并且要以人物描写为主，场面为辅。场面描写要为表现人物服务为突出中心服务的。场面描写少不了景物，人物的心理活动和语言。

场面描写，是故事情节发展中的横断面的描写。为了表现人物，

表达主题，通常需要的一些大的或小的场面。记叙体文章中，这种场面描写就构成了在一定时间和环境中，人物和人物相互发生关系的生活画面。

1、场面描写要以"动"为主

在场面描写时，要刻画人物的活动，活动的发展、位置的转换、情绪的变化等。场面描写必须以动态为中心，要在动态中写特征。

2、场面描写要交代时间、地点和场面的气氛

使人易于掌握场面的总轮廓。场面总貌，可按空间顺序描写，人物烽动线索才会分明。

3、场面描写要注意"点"和"面"的关系

要把个别人活动的描写，或捕捉人物的细节与全场情景的概括描写紧密结合起来。这样才能突出形象，渲染气氛，加强艺术效果。

4、场面描写要处理好场内、外的关系

即使读者了解场内事物的原委，往往需要插叙场外自然的、历史的、社会的环境背景。但是，这种插叙必须是言简意赅、衔接自然，而不能喧宾夺主，节外生枝。

5、场面中人、景、物的结合

场面描写中，场面描写可以写人、写景、写事、写物相互结合。这样，使整个场面有动、有静，形象真实而富有浓厚的生活气息。因此，场面描写笔角很宽，并需要多着墨。

场面描写的作用与注意事项

场面描写的作用

场面描写指的是在某一特定时间和特定地点范围内以人物活动为中心的生活画面的描写。场面描写一般由"人"、"事"、"境"构成,它是叙事性作品的基本构成单位,是刻画人物、展开情节、表现主题的主要手段。下面具体谈谈场面描写的几种作用:

1、塑造人物,表现主题

场面描写的最主要的作用是为塑造人物形象和表现作品主题服务的,但在具体运用中来看,作用又各所侧重。如吴伯萧的《记一辆纺车》中纺线场面的描写,具有"万马奔腾"之感。作者通过这一宏大的纷纭场面描写,把当年生产运动的动人景象再现出来,深刻地表现了"延安军民自力更生的乐观精神和豪迈欢快感情"这一重大主题。

2、渲染气氛,烘托事物

有的场面描写刻意渲染气氛,或喜悦、恬静,或悲怆、紧张,让人物在一定环境中真实地展开活动。都德的《最后一课》写上课的情景,巧妙地借助于一个无知顽童的冷静观察和心理分析,特别是对韩麦尔先生临下课之际感人至深的神态言行的细摹,在肃静而凝重的氛围的层层烘托渲染中,最后突然如火山爆发般地喷出爱国主义的激情,收到了强烈地感染读者的艺术效果。

3、明示、暗点主题

有的场面描写着意突出主题，或明示，或暗点，让人物在活动中完成自己的使命，将作者的倾向在具体的场面描写中自然流露出来。杜鹏程的《夜走灵官峡》中有小成渝的妈妈指挥交通的一段场面描写："已经变成了一个雪人，像一尊石像。"这个场面描写表现出中国工人阶级不畏艰苦、坚守岗位的责任感和革命精神。

场面写作的注意事项

1、要交待清楚场面的背景

如活动场面发生的时间、地点、环境等，这样人们才知道场面是在怎样的社会或自然环境中发生的。

2、要在写好总体的基础上写具体

写场面时，要对场面有总体概括，使读者对总体面貌有所了解。但场面同时也应该有重点部分，对这部分要写详细、写具体，做到有点、有面。

3、要写出气氛

气氛是人在一定环境中看到的景象或感觉到的一种情绪或感情。无论什么场面，都会有气氛，如庆祝场面有欢乐的气氛；比赛场面有紧张的气氛；送别场面有难舍难分的气氛，等等。

4、写场面要有顺序

场面是由人、事、景、物组合起来的综合画面，不可能几笔就同时都写出来。因此，写场面时要安排好先后的顺序。一般来说，场面描写可以按照由面到点来安排顺序。比如，描写庆祝教师节的场面，可以先写欢庆活动的总体气氛，勾勒"面"的情况，然后分别写校长、老师、同学的表现。这样就能点面结合、条理清楚。

场面描写即把活动的场面和情景有重点地具体地进行描写。关键是在场面描写中要写出应有的气氛，展示一幕幕精彩的场面，使人有种身临其境的感觉。

景物描写的概念与特点

什么是景物描写

景物描写,是指对自然环境和社会环境中的风景、物体的描写。景物描写主要是为了显示人物活动的环境,使读者身临其境。

景物描写的对象,概括地说,凡环绕人的但不是对人的描写,都可以说是景物的描写。具体地说,可以分为三个方面:风景描写、风俗描写和风物描写。也可以用绘画用语来表达,那就是:风景画、风俗画和风物画。

风景画的主要内容是自然风景。广义的风景画,包括人工景物,如宫殿、寺庙、园林等。狭义的风景画,主要是指自然风景,如日、月、星、云、高山、大漠、潮汐、雷电等。

风俗画,也可以有广义与狭义之分。广义的风俗画,指能反映某一时代、某一地区、某一民族或社会集团的社会生活所特有的风俗人情、社会风貌、生活方式的文学作品。狭义的风俗画，指作品中有关地区的独特的风俗人情、生活方式等方面的描写。我们这里所说的风俗画，主要指后者。

景物描写的特点

1、地域特色不同

注意地域不同，景物的特点也不同。如南方与北方，平原与高山，城市与农村，其景色是各不相同的。例如下面这段话：

中国的古老文化是令人惊叹的，而这座城市则是悠久文化的集中体现。这里不但有闻名世界的八达岭长城、故宫、天坛、颐和园，更有凝聚人们智慧的现代化建筑物：人民大会堂、人民英雄纪念碑，以及新建的中央电视台发射塔……

这段话的作者抓住最能代表北京这个城市的景物来写，让人一看就知道是北京。

2、注意动静搭配

我们还可以抓住景物的变化来写，我们所观察到的景物有的是静止不动的，有的是活动变化的，因此在写景时既要对景物的静态进行描写，也要对景物的动态进行描写，做到动静结合，这样才能把景物的特点描写得更具体，更形象。

3、注意景物的形状和颜色

除动静的变化之外，还有景物的形状，颜色的特点。例如下面这段描写：

湖水清澈见底，远处连绵不断的山峰倒影在平静的湖水中，显得更加青翠。这是，一阵微风吹来，刚才水平如镜的湖面，立刻泛起了鱼鳞般的波纹，在阳光的照耀下闪着点点

银光，湖上像撒满了珍珠一样，微风一过，湖面又恢复了平静。

4、注意景物形状、颜色的变化

除动静的变化之外，景物的形状，颜色等往往也会随着时间的变化而发生变化。因此，我们在描写景物的变化时，不仅要注意写出动静变化，还要注意景物的形状，颜色等发生的变化。请看下面这段文字：

> 这地方的火烧云变化极多，一会儿红通通的，一会儿金灿灿的，一会儿半紫半黄，一会儿半灰半百合色。……一会儿，天空出现一匹马，马头向南，马尾向西。马是跪着的，过了两三秒钟，那匹马大起来了……
>
> 忽然又来了一条大狗。那狗十分凶猛……接着又来了一头大狮子，跟庙前的石头狮子一模一样……可是一转眼就变了，再也找不着了……

5、注意运用修辞手法

要想抓住景物的特点，并把这些特点清晰地呈现在读者面前，除了注意观察，学会积累之外，还要运用一些表现手法。比如说《桂林山水》中有这样一句，"漓江的水真绿啊，绿得仿佛那时一块无暇的翡翠。"这就是一个比喻句。写景时，我们可以从景物的形状，颜色和变化等方面抓住特征来描写，这几方面的描写并不是各自孤立的，而是相互穿插，有机结合，融为一体的，这样写出来的景物才能形象生动，才会给人留下深刻的印象。

景物描写的方法与技巧

抓住景物的特征

对所写景物认真观察,抓住特点,是写好这类文章的前提。而能否抓住景物的特点,关键在于作者细心的观察,并将观察所得铭记于心。正所谓"静观默察,烂熟于心"。

因此,要求在观察中,善于抓住不同季节、不同时间、不同地区中景物呈现出的颜色、形态、声响、气味等方面特有的变化,善手通过眼、耳、鼻、舌、身等感官去观察、体会。这样,才能抓住景物特征加以描写。

要选好观察的角度

选好观察的角度,就要先确立好观察点。要根据表达的需要运用固定立足点和变换立足点观察景物的方法,或远观、或近觑、或仰视、或俯瞰。同时，要注意观察的顺序，是由近及远，还是由远而近？是由上而下，还是由下而上？这是指空间的变换。还可以时间的变化或游览的先后为顺序。这样，所描写的景物才不会杂乱无章。总之，要做多角度、多侧面的描写。

安排好描写的顺序

景物描写的顺序一般分为空间顺序和时间顺序两种，空间顺序，一般是取一个固定的观察点，按照视线移动的顺序依次写出各个位置上的景物。还有一种空间顺序，不取固定的观察点，而随着观察者位置的转移来描写景物，这叫做游览顺序。

时间顺序，同一个地方在不同的时间里，其景物是有变化的，按一定的时段依次写来，可以表现出景物的丰富多姿，使人产生美的感受。时段有长短之分，长时段如春、夏、秋、冬，短时段如晨、午、暮、夜。选用哪一种时间顺序，应视描写对象的特点而定。

要融情于景，表达主观感受

国学大师王国维曾断言："一切景语皆情语"。景物是客观的，而写景之人则是有情的，作者对任何景物，总会有自己的感情。没有感情色彩的景物只不过是苍白美丽的"躯壳"，难以达到感人的目的；同时，观察、描摹景物的过程本身也是写作主观感受的过程，因此，要在写景的字里行间，自然渗透感情，寓情于景。做到情景交融，物我一体。

写景贵有情，在描绘客观景物的同时，要把自己的喜怒哀乐等思想感情融注到作品中去，使读者产生共鸣，进而给读者带来愉悦之情，陶醉之情，将读者带入特定的情景之中，受到美的熏陶，获得美的享受。

运用动静结合的手法

只写静景，很容易使文章呆滞，而只写动景，又可能失去稳定。

只有将静态描写景物形态特征和动态描写利于传神的长处结合起来，所绘景物才会具体、生动，给读者留下深刻的印象。

描写景物需要绘形、绘色、绘声，仿佛使人看得见、摸得着、听得到，这就需要尽可能选用那些生动形象的语言。因而要善于找到最能表现景物特征的动词和一些恰当的形容词，尤其要善于运用比喻、拟人等修辞方法，但要注意不能堆砌词藻。

景物离不开色彩

要把景物描写得真切传神、生动形象，就必须细致入微地观察和体验所写的景物，具有敏锐的色彩感，从而准确地把握景物的色彩特征，进行着色"包装"，使习作语言增色。例：这地方的火烧云变化极多，一会儿红彤彤的，一会儿金灿灿的，一会儿半紫半黄，一会儿半灰半白。葡萄灰，梨黄，茄子紫，这些颜色天空都有……（《火烧云》）这段话中作者运用一连串不同形式的表示色彩的语言，描绘了不同时间所见到的不同色彩的火烧云，将色彩斑斓的火烧云表现得淋漓尽致，构成了一幅美不胜收的画卷，给人以赏心悦目的美感，令人赞叹不已。

摹声与赋神

景物描写不光靠色彩渲染来吸引人，造成读者视觉上的美感，还可以摹声来绘景，造成读者听觉上的美感。有声有色的景物描写，给人身临其境之感。在《葛洲坝工地夜景》中有这样一段描写：

> 那"嘟嘟"的汽车声，"呜呜"的火车声，"突突"的拖拉机声，"轰轰"的山石爆破声，还有"嗨哟嗨哟"的劳动号子声，组成了丰富多彩的合奏曲。

作者通过听觉所感，运用丰富形象的象声词，展现了葛洲坝工地夜晚热火朝天的景象,令人如闻其声,如观其景。同时,生动可感的象声词赋予读者丰富的想象:这美妙的旋律,就像交响乐,令人陶醉;又好似战鼓冬冬,军号滴滴,激励人们奋发向前。

许多自然景物由于被赋予审美想象,将景物人格化,一山一水,一草一木都具有人的情怀,也正是这种人的感情与景物水乳交融,使读者产生共鸣,引起联想,使景物描写带有传神色彩。

景物描写的对比法

所谓对比法,就是把两种或两种以上情况加以对照、比较,从而突出它们的差异点的方法。在一些同学的眼里,似乎什么景物都是一样的,原因是他们只看景物的一时而不见景物的另一时。建议同学们使用对比法来认识景物的特征。例如,写校园,我们就可以关注一下清晨时的校园与黄昏时的校园的不同,并且静下心来细细想一想不同与相同的具体原因,这样把握景物的特征就比较容易了。

景物描写要真实、准确，观察者的心理也起很大作用。同是一片山林，在一位同学笔下："……首先映入眼帘的是高高低低、林木阴森的山岭、叫人有点害怕。"而另外一位同学同样写这一山林就是"这里山环水绕，绿树成阴，哗哗的流水声好象在为婆娑起舞的枝条轻轻地伴奏，简直是个绝妙的仙境。"短短一句话就不仅把山势水情描绘了出来，而且传达出自己当时的快乐心境与对山林的热爱之情。

总之，我们在动笔前总要进行一番对比，通过对比，来把握景物描写的特征决定景物描写的对象、方法和语言。

动态追述法

动态追述法指的是在写作游记时，要尽量回想当时游历的情景，如何走的路，怎样看的景，留下什么样的印象，等等。一俟游历的情景清楚之后，再考虑布局；文章写成之后，还要检查文章是否用了适当的语词交代了观察点的变化；还要检查观察的角度与描写出的景物的特点是否具有一致性等等问题。

在进行景物描写时要有点有面，突出重点。我们说每一处景点都少不了有山水、有花草、有树木……对于这些我们不能面面俱到，像开杂货铺一样一一罗列出来，逐一描绘。否则就会给人流水账的感觉，令人乏味、厌看。那么为了突出中心，吸引读者，我们应该选择最有特色、最有代表性的一处或几处来具体描绘。其他则可简略叙述一笔带过。写文章也正如我们旅游一样要有走有停。文中的走则是略写，是面的体现，文中的停则是浓墨详写，是文章重点的突出。如果文章详略得当，点面适宜，那么读者看后会产生与你同游的感觉。另外，在写游记时，将动态与静态穿插着描写，效果会更好。

景物描写的重要作用

揭示作品的时代背景

景物描写一个重要作用就是交代故事发生的时间、地点,有时也揭示作品的时代背景。

例如叶圣陶的《夜》开头写道:一条不很整洁的里弄,一幢一楼一底的屋内,桌上的煤油灯发出黄晕的光,照得所有的器物模糊,惨淡,好像反而加浓了阴暗。

这句景物描写用了"黄晕"、"模糊"、"惨淡"、"阴暗"四个形容词,来烘托小说的典型环境。说明故事是发生在一个夜里,一个令人恐怖的夜,一个心头笼罩着阴暗的夜。通过景物描写反映了黑暗的社会现实。

渲染气氛,烘托人物心情

景物描写有时可以渲染一种特定的氛围,烘托人物

的情趣、心境，表现人物的心理。例如高尔基的《母亲》中写道：

> 严寒干燥的空气紧紧地包围住他她的身体，直透到咽喉，使鼻子发痒，有一刻工夫使她不能呼吸。

既写出母亲此次行动的时节，又烘托了紧张的气氛。而母亲"满意地听她脚下的雪发出的清脆的声音"以及"每次开门的时候，就有一阵云雾似的冷空气吹到她脸上，这使她觉得很爽快，于是她把冷空气深深地吸进去"等描写又显示母亲从事革命工作时的兴奋之情，为塑造临危不惧的革命母亲的形象起到了烘托的作用。

展示人物性格

人物周围的环境，包括室内外的装饰布置，能够展示一个人的身份、气质、个性等，因此作家注意用景物来展示人物性格。

例如鲁迅《祝福》中对鲁四老爷书房的描写：我回到四叔的书房时，瓦楞上已经雪白，房里也映得较光明，极分明的显出壁上挂着的朱拓的大"寿"字，陈抟老祖写的；一边的对联已经脱落，松送的卷了放在长桌上，一边的还在，道是"事理通达心气和平"。我又无聊赖的到窗下的案头去一翻，只见一堆似乎未必完全的《康熙字典》，一部《近思录集注》和一部《四书衬》。

从对联和书籍的内容可以看出，鲁四老爷是自觉维护封建制度和封建礼教的卫道士，他尊崇理学和孔孟之道，他懒散、自私伪善，冷酷无情，是造成祥林嫂悲剧的一个重要人物。

推动情节的发展

有时景物描写能够推动情节向前发展，例如《祝福》中对鲁四老爷家祝福的描写。祝福本身就是旧社会最富有特色的封建迷信活动，所以在祝福时封建宗法思想和反动理学观念也表现得最为强烈。在鲁四老爷不准"败坏风俗"的祥林嫂沾手的告诫下,祥林嫂失去了祝福的权力。她为了求取这点权力,用"历来积存的工钱"捐了一条赎"罪"门槛,但得到的仍是"你放着罢,祥林嫂"这样一句喝令,就粉碎了她生前免于侮辱,死后免于痛苦的愿望,她的一切挣扎的希望都在这一声喝令中破灭了。就这样,鲁四老爷在祝福时刻凭着封建宗法思想和封建礼教的淫威,把祥林嫂一步步逼上死亡的道路。特定的景物描写推动了情节的发展。

借景抒情,情景交融

作品中描写景物,作者往往是为了抒发自己的感情,达到借景抒情、情景交融的目的。如朱自清的《荷塘月色》描写了一幅恬淡朦胧的荷塘月色图,实际上寄托了朱先生的情感。朱自清是一名新文学运动的战士,1927年大革命失败了,给他心灵上投下了落寞的阴影,他既对黑暗的现实不满,又不愿投身革命,所以幻想超脱现实。他借荷塘月色抒发的正是这种幻想超脱现实的情感。

NO5.风俗与细节描写写作指导

风俗描写的概念与特点

什么是风俗描写

民间风俗，渗透到人们的日常物质生活和精神生活中，作为一种文化现象，它伴随着历史的发展而发展，许多人类文化知识，都总汇到各民族的民俗之中，从这个意义上讲，民俗学被人们称为"历史之学"、"文化之学"和"百科之学"是当之无愧的。

文学史人学，通过言语艺术反映各个时代人们的社会生活和精神生活，文学和民俗可以说是一对孪生姐妹，有直接血缘关系和心灵感应，文学作品尤其是长篇文学作品，完全不涉及民俗是不可想象的。

风俗描写的美学特点

我们知道，风俗是创造于民间又传承于民间的具有世代相习的传统文化现象。它是一种模式化了的行为准则和生活方式，是一种社会的规范体系。风俗是民族心理的外部表现，它在长期的历史发展过程中积淀下来，成为代代相承的民众惯习。它通过约定俗成的方式为人们所接受，具有软控制的性质。可见，风俗说到底是一种文化现象。

1、远离政治斗争

风俗的上述本质特点决定了风俗写作往往注意特有的环境气氛的描写，注意对世相、世态的摹状，而一般不明显地深涉政治斗争，或者把政治斗争作为一种背景来表现。这是风俗写作最突出的特点。

比如老舍的短篇《老字号》着力写那种宁静悠闲的古旧商业情调，似乎进入了清新无为的哲学境界，作品写道：

> 多少年了，三合祥永远是那么官样大气、金匾黑字、绿装修、黑柜蓝布围子、大机凳包着蓝呢子套，茶几上永远放着鲜花。多少年了，三合祥除了在灯节上才挂上四号宫灯，垂着大红穗子；此外，没有半点不像买卖地儿的胡闹八光。多少年了，三合祥没有打过价钱，抹过零儿，或是贴张广告，或者减价半月；三月祥卖的是字号。多少年了，柜上没有吸烟卷的，没有大声说话的；有点响声只是老掌柜的咕噜水烟与咳嗽。

作品所描绘的三合祥是个远离政治斗争漩涡，对社会政治变革反应极为迟钝的仿佛停滞了的世界。

2、注重人文景观

注意风俗风物和人文景观的描写，构成民俗写作的又一特点。北

京一些作家笔下的胡同和四合院、陆文夫笔下的苏州小巷等构成民俗写作的重要组成部分。老舍写于建国后的《正红旗下》，对于旗人社会的诸种制度、礼俗、家庭关系，以至旗人与汉、回民族的关系，无不写及，因而被有人称之为"旗人风习大全"。

陆文夫的《美食家》，围绕着朱自冶这个人物穿插了大量的苏州民俗风情的描写，那种苏州特有的石板小巷，偶尔传来的梆子声，尤其是对苏州特有的名点小吃、佳肴珍馐的描写更是出神入化，使整部小说具有苏州风味。《骆驼祥子》写的天桥，《七奶奶》（李陀）写的隆福寺庙会，《烟壶》写的德外"鬼市"，《那五》写的戏园子，天津某些作家笔下的古文化街景，都有声有色，极为生动形象。

要使风俗写作具有上述特点，就要求作家掌握大量的知识掌故。韩少华的《红点颏儿》写鸟笼，写鸟、养鸟的学问，备极工细；《烟壶》由鼻烟而鼻烟壶而制壶工艺，不厌其烦；老舍对洋车夫、对"老字号"商人写起来无不得心应手；都是因为作家有极丰富的知识掌故和文化积淀作为写作基础。

3、讲究精雕细刻

风俗虽然从总体上可分为无形民俗（亦称心理信仰民俗）、有形民俗（亦称行为民俗）、语言民俗三大类，但在文学作品中都必须通过具象的、有形的东西表现出来，因此，讲究细节描写，甚至是精雕细刻，是风俗写作的第三个特点。老舍《正红旗下》写福海二哥的请安细致入微：

> 他请安请得最好看：先看准了人，而后俯首急行两步，到了人家的身前，双手扶膝，前脚实，后脚虚，一趋一停，毕恭毕敬。安到话到，亲切诚挚地叫出来："二婶儿，你好！"而后，从容收腿，挺腰敛胸，双臂垂直，两手向后稍

拢，两脚并齐"打横儿"。这样的一个安，叫每个接受敬礼的老太太都哈腰儿还礼，并且暗中赞叹："我的儿子要能够这样懂得规矩，有多么好啊！"

写人要细，写事、写环境都要细。原籍江苏的作家汪曾祺的《大淖纪事》开头四节几乎都是写大淖的来历、乡风、民俗，细致得有些散漫，但正是这细致的描写，凸现出了有立体感的苏北风情民俗。可以说，粗线条、大勾勒表现不出真正的民俗和民俗美。

4、语言强调本色

语言方面，强调本色，力求平实浅易，是风俗写作的第四个特点。这除了因为语言民俗即是风俗之一种外，还因为无形民俗和有形民俗都必须借助有特色的语言表现出来。邓友梅在《"四海居"轶话》里写人物说着"一口嘣响溜脆的北京话"，"一口京片子甜亮脆生"，这其实也是邓友梅自己作品的语言特色。韩少功的《马桥词典》对汨罗方言俚语的运用可谓十分娴熟。我们可以肯定，文绉绉的语言，过分雕琢的语言，绝对不能表现出风俗美，至于那些梦呓般的"现代句法"更是谈不上一点风俗之美。

风俗写作的重要作用

借对传统节日中的人物活动展现人性的美好

如《社戏》，就是以绍兴民间的祭社活动为背景而展开的。

社日节是中国古代祭祀社神的节日。社神是土地神，土地是人们的衣食之源，社日节的盛行反映了祖先们的土地崇拜思想。社日的节俗活动之一就是演社戏。

作者写到："我在那里所第一盼望的，却是到赵庄去看戏。……当时我并不想到他们为什么年年要演戏。现在想，那或者是春赛，是社戏了。"基于传统节日的庆祝仪式，小说《社戏》多了一份民俗味、生活味、童趣味：

就在我十一二岁时候的这一年，这日期也看看等到了。不料这一年真可惜，在早上就叫不到船。……到下午，我的朋友都去了，戏已经开场了，我似乎听到锣鼓的声音，而且知道他们在戏台下买豆浆喝。

本来本村也是演戏的,但这一回赵庄的戏激起了孩童无限的向往,这一日是断不能不看戏的,小主人公便巴望着能看上,能赶上这一赛会,所以得了朴实的农村小伙伴的真诚帮助,看戏台上的老旦唱,看老生唱,尽管咿咿呀呀的听不懂,但看了那么多的人头,也就够热闹的了。鲁迅这么写,不是勾起了我们读者童年看社戏的回忆吗?热闹是第一位的,看到什么倒是在其次的。围绕春社能看上社戏,母亲急,外婆急,村里的小伙伴们也急,并能急人所急,即使自己看过了,也愿意为"我"去借船、大老远地撑船、陪"我"去看社戏,夜深看戏回来肚子饿,阿发主动提议偷他家的罗汉豆,说是豆大;及第二天八公公非但不责怪不告状,反而送了罗汉豆来给"我"吃,哎呀,真叫人羡慕淳朴的民风和仗义的孩童。社戏孩子们不见得能看懂听清,但浓浓的乡情、淳美的人情、纯真的人性就在这独特的节俗活动中散发出光辉。

侧笔勾勒传统节日中的人物命运

鲁迅在《阿Q正传》中也用侧笔写阿Q于社日的活动情景:"这是未庄赛神的晚上。这晚上照例有一台戏,戏台左边,也照例有许多赌摊。""赛神"即指社日的迎神赛会,旧时的一种迷信习俗,用仪仗、鼓乐和杂戏迎神出庙,周游街巷,以酬神祈福。那台戏,也必是社戏。社日里行事,如赌博,照理能得社神的保佑,但是阿Q赢了钱也只是白赢,不仅没得到钱,反而挨了打,哪里得到社神的关照?社会底层的人在社日节这样的重大节日里也很难生存,没有尊严可言。

又如孔乙己,非但科举经世无望,连人也被科举害得迂腐穷酸,倍受众人的冷嘲热讽,生前被人遗忘,却只在中秋、端午或年关的时候才被人偶尔想起,小说的结尾这样写道:

自此以后,又长久没有看见孔乙己。到了年关,掌柜取

下粉板说,"孔乙己还欠十九个钱呢!"到第二年的端午,又说"孔乙己还欠十九个钱呢!"到中秋可是没有说,再到年关也没有看见他。

我到现在终于没有见——大约孔乙己的确死了。

为什么孔乙己在重大节日里才会被人记起?因为:旧社会年底结账时,债主要向欠债的人索债,欠债的人过年如同过关,所以叫"年关"。端午和中秋,在旧社会里也是结账的期限。

浓墨重彩描写传统节日的深刻寓意

《祝福》中涉及的一个重要活动是出现在十二月廿三廿四祭灶神节的民俗活动,民间称之"过小年"即"谢年"即"祝福",是春节系列祈福活动的序曲。作者不仅让主人公祥林嫂初到鲁镇和再到鲁镇后在祝福中不同的活动,并以"祝福"这一特定的节日民俗活动为题,鲁迅先生是抓住祭灶节的民俗活动来做文章的:

这是鲁镇年终的大祭典,尽礼迎接福神拜求来年一年中的好运气的节日,杀鸡宰鹅买猪肉,用心细细的洗,女人的臂膊都在水里浸得通红,有的还带着绞丝银镯子煮热,后横七竖八的插些筷子在这类东西上可就称为"祝福礼"了。五更陈列起来,点上香烛,恭请福神们来享用;拜的却只限几个男人,拜完自然仍然是放爆竹。年年如此,家家如此——只要买得起福礼和爆竹之类的——今年自然也如此。

鲁镇永远是以这种方式过新年,腊月二十以后就忙起来了。在祭灶节里祝福,在我国民间很普遍。据说灶王爷自上一年的除夕以来就一直留在家中,以保护和监察一家人;到了腊月廿三廿四时,便要升

天,去向玉皇大帝汇报这家人的善行或恶行。而鲁四老爷等能备得起福礼,可以燃放出"极响的爆竹声"的人家,自然能得到神的保佑,如作品结尾写道:

> 我只觉得天地圣众歆享了牲醴和香烟,醉醺醺地在空中蹒跚,预备给鲁镇的人们以无限的幸福。

而祥林嫂能备得起福礼吗?不能,她把所有的收入——"十二元鹰洋"捐了门坎后一无所有,自然得不到神灵的关照和保护,只能在众人的祝福声中冻死街头。所以说,神灵也是势利的,贪财的。鲁迅以"祝福"为题是要借祝福这一民俗活动揭露为富不仁的社会是如何不公的,如何吞噬穷苦人的。

描写人物在节日禁忌中的悲惨命运

以《祝福》为例。鲁迅描写的鲁镇,同样奉行"男不拜月,女不祭灶"的禁忌,所以"拜的却只限几个男人",如只有四叔才能祭

拜，四婶是轮不到的；但四婶有资格碰祭器，而祥林嫂是连祭器也不能碰的，因为她是"受鄙视的贱物及不洁、危险之物"，是犯禁的。

祥林嫂有五大犯忌，不能参加祝福的准备工作：一、年纪轻轻克死了丈夫；二、生是夫家的人，死是夫家的鬼，她却从婆家跑出来，是大逆不道的；三、丈夫死了，女人也就跟着死了，是活着的死人，俗称"未亡人"；寡妇绝不许再嫁，但祥林嫂却第二次嫁人；四、再婚两年又克死了丈夫，是扫帚星；五、不孝有三，无后为大，她竟然又克死了儿子阿毛。她的命硬得可以克掉一切，怎么可以去碰神圣而隆重的祝福仪式的祭品呢？是断断不能的。不洁之人是不能接触祭器的，否则祭礼的灵验就会被破坏掉，神灵也不会领供奉之情。但是，她对节日禁忌毫无知觉，理所当然地就去拿，结果第六次犯忌：

"祥林嫂，你放着罢，我来摆。"四婶慌忙的说。

"祥林嫂，你放着罢，我来拿！"四婶又慌忙的说。

"你放着罢，祥林嫂！"四婶慌忙大声说。

尽管她捐了十二元鹰洋，也改变不了"不洁"、"不吉"的本质。四婶紧张惶急到先下命令"你放着罢"而后再叫"祥林嫂"的名字的地步，至此，"祥林嫂像是受了炮烙似的……"可见，祝福的节日禁忌是如何最后剿杀了祥林嫂。就连她的死，也是犯忌的，因为正好是祝福的时候，而盛大的祝福是忌讳死的。于是鲁四老爷便骂道：

"不早不迟，偏偏在这个时候，可见是个谬种。"

祥林嫂的悲剧正如戴震所说的那样："人死于法，犹有怜之者；死于理，其谁怜之！酷吏以法杀人，后儒以礼杀人，漫漫乎舍法而论理，死矣，更无可救矣！"

在特定的节日民俗活动中揭示主题

鲁迅先生在小说《药》最后一部分中写到清明节上坟这一特定的习俗。清明节，素有扫墓、寄托哀思的习俗。一方面，人们清除杂草，给坟上添几锹土，或插些花；另一方面准备一些祭品，烧几张纸钱，在树枝上挂些纸条，举行简单的祭祀仪式，以表示对死者的怀念。华大妈和夏四奶奶的儿子都是去年才死的，是新坟，自然也在清明日扫墓；但作者意不在扫墓，在乎借清明节上坟的冷落、凄凉、阴森，既写出坟场特有的愁惨和鬼气，又进一步来揭露国民的愚昧、不觉悟。

> 这一年的清明，分外寒冷；杨柳才吐出半粒米大的新芽。天明未久，华大妈已在右边的一坐新坟前面，排出四碟菜，一碗饭，哭了一场。化过纸，呆呆的坐在地上……

作者借清明华大妈给儿子上坟来巧妙地告诉读者：小栓终究还是死了，尽管吃了人血馒头，但它到底不是拯救小栓的良药。华大妈清明上坟这个节俗活动，揭示了：一方面，民众对封建迷信深信不疑，却深受其害，愚昧落后至极，只有死的结局；另一方面，至死都不能幡然觉悟的华小栓华大妈们，什么良药才能医治他们思想的顽疾呢？鲁迅抓住清明节祭祀的习俗，进一步深化了主题，引发读者进入深层的思考。

风俗写作的基本方法

民风民俗类作文是一种比较好写的话题作文,我们生活的每一个地方都有各自延续传承的独特的民俗。但民俗文化涵盖的内容太广泛,很多人只知其中一二,如窥冰山一角,对丰富的民俗文化的真正内涵知之甚少。要写好此类文章应做到以下几点。

搜集丰富的相关资料,挖掘民俗文化的内涵

我们要写作有关春节风俗的文章,就要搜集其相关的资料,如:春节的起源,贴春联,吃年夜饭,放爆竹,祭祖,守岁,拜年,等等。只有了解了这些风俗,我们才能全面了解春节。

筛选素材

我们搜集的资料很多,但是不可能全部都用到作文里,这就要根

据写作主题进行取舍了。如写"过小年",就要选择民间传说的腊月二十三的祭灶、吃灶糖、吃年糕等内容,其他如拜年之类的内容就没必要写了。

合理安排材料

这里涉及两个问题:一、材料的详略问题。对表现主题有利的素材要详写,和主题关系不大的可略写,没有关系的就不写。只有材料详略得当,才能凸显文章的主旨。如写春节放爆竹,就可以介绍放爆竹的民间传说,既丰富了文章内容,也增加了读者的文化内涵。二、材料安排的先后顺序。选择好的材料不可随意堆砌,要有统筹全文的能力,在总体构建好文章后,能够合理安排所用材料的顺序。

选择合适的文体

一般来说,记叙文比较好写。如拟题为《拜年》,就可以通过描述自己与家人拜年的事情来展现家乡新年的礼俗。说明文也是比较适用的一种文体。如要写《做年糕》一文,就重点介绍制作年糕的选料,枣不一定大但一定要甜,年糕面一定要选黏度高的,和面的水温要适宜等做的程序等,让读者清楚地了解好吃的年糕是怎样做出来的。另外,还可以在文中加入"民间为什么在过小年时有吃年糕的习俗",以增强文章的可读性。议论文也可以作为候选文体。可对家乡的某些民俗进行评论,如批评有的民俗带有迷信色彩,应该予以摒弃。也可以大力宣传一些有意义的民俗,如有的地方的秧歌舞、龙舟赛等,不仅活跃了节日的气氛,丰富了居民的业余生活,而且是一项健康的体育运动。

细节描写的类别

细节要尽量典型，富有表现力，能起到以一孕万、即小见大的作用。细节要真实。真实是艺术的生命。细节的真实，是现实主义艺术真实的前提条件。典型环境、典型性格，必须建立在细节真实的基础上。离开了真实的细节描写，就会失去感人的艺术力量。细节还要新颖独特、有生命力。

服饰描写

穿的虽然是长衫，可是又脏又破，似乎十多年没有补，

也没有洗。（鲁迅《孔乙己》）

这个服饰细节描写，既说明孔乙己穷，也说明他懒，更表现了他死爱面子的特征，把孔乙己的社会地位、思想性格和所受的封建教育毒害之深揭示得十分深刻。

场景描写
例如：

（1）锯木厂后边的草地上，普鲁士士兵正在操练。（都德《最后一课》）

（2）我们上了轮船，离开栈桥，在一片平静的好似绿色大理石桌面的海上驶向远处。（莫泊桑《我的叔叔于勒》）

（3）在我们面前，天边远处仿佛有一片紫色的阴影从海里钻出来。（莫泊桑《我的叔叔于勒》）

（4）铁匠华希特带着他的徒弟也挤在那里看布告，他看见我在广场上跑过，就向我喊："用不着那么快呀，孩子，你反正是来得及到学校的！"（都德《最后一课》）

以上4句，（1）是对社会环境的描述，真实、简单地交代自己的国土已被敌人占领。在法兰西绿草如茵的土地上，敌人在这里操练和践踏，大煞了这个法国东北部小镇幽美的风景。这个细节，为下文埋下了伏笔，向读者揭示"最后一课"这场悲剧的社会根源。句（2）和句（3）景色描写形成鲜明的对照，表现了菲利普夫妇在见到了于勒前后的不同心境，并用环境描写进行烘托。句（2）较明快，表现他们快活而骄傲的欢愉心情。句（3）较灰暗，显示了他们满怀失望与沮丧的心情。句（4）是铁匠看过布告后对小弗郎士说的话，再一次暗示了阿尔萨斯和洛林被占领的事实。

语言描写

例如：

（1）母亲也常常说："只要这个好心的于勒一回来，我们的情况就不同了。他可真算得一个有办法的人。"（莫泊桑《我的叔叔于勒》）

（2）母亲于是很不痛快地说："我怕伤胃，你只给孩子们买几个好了，可别多吃，吃多了要生病的。"然后转过身对着我，又说："至于若瑟夫，他就用不着吃这种东西，别把男孩子惯坏了。"（莫泊桑《我的叔叔于勒》）

以上2句，（1）是表现菲利普夫妇听说于勒在外边发了财，因于勒的经济地位而改变了对他的看法，把改变家庭拮据局面的希望寄托在他身上，天天盼望他能早日归来。充分表现了菲利普夫妇的自私、贪婪、庸俗、冷酷和唯利是图的性格特征。句（2）属表现母亲的冠冕堂皇之辞：在两个女孩和女婿面前，显得既爱惜自己，又关心别人；既疼爱孩子，又注意教育实质却是既顾及面子，又节省开支。虚伪、吝啬的心理暴露无遗。

动作描写

例如：

（1）孔乙己着了慌，伸开五指将碟子罩住，弯腰下去说道："不多了，我已经不多了。"（鲁迅《孔乙己》）

（2）他不回答，……便排出九文大钱。（鲁迅《孔乙

己》）

（3）"……叶尔德林，帮我把大衣脱下来，……真要命，天这么热，看样子多半要下雨了……"（契诃夫《变色龙》）

（4）"哦！……叶尔德林老弟，给我穿上大衣吧……好像起风了，挺冷……。"（契诃夫《变色龙》）

以上4句，（1）、（2）两句中，"罩"这个动词准确地描写出孔乙己在自己不多的茴香豆中分给孩子们一人一颗，而孩子们吃完茴香豆后不肯离开的情况下迫不得已和无奈的动作，表现出他心地的善良。"排"的动作活灵活现地揭示了孔乙己明明穷得要命却还要摆阔的迂腐性格。句（3）和（4）中"军大衣"是沙皇警犬的特殊标志，是奥楚蔑洛夫身份的象征，是他装腔作势、用以吓人的工具，"脱"大衣的动作表现的不是天气热，而是"判"错了狗，急得浑身冒汗的胆怯心理。"穿"大衣的动作表现的不是天气冷，而是遮掩刚才辱骂将军的心冷胆寒的心理。一"脱"一"穿"的细节，勾勒出这个狐假虎威、欺下媚上的沙皇走狗的丑态，让人犹如见过其人一般，对其厌恶十分。

心理描写

例如：

（1）我不知道你当时是不是察觉，一个孩子站在那里，对你是多么的依恋！（魏巍《我的老师》）

（2）他们该不会强迫这些鸽子也用德国话唱歌吧！（都德《最后一课》）

句（1）抒发了对蔡老师至今仍怀有的思念，崇敬的思想感情，表现一个小学生内心对老师的感情激动到了极点，句（2）当小弗郎士听到学校屋顶上鸽子咕咕的叫声时，内心表现出对敌人禁教法语的卑劣行径的轻蔑、憎恨和珍视祖国语言的深厚感情。

细节描写种类繁多，不一一列举。文章中每一细节描写都蕴含新意，发人深思，耐人寻味，我们阅读时一定要认真揣摩其绝妙之处。

如课文《我的伯父鲁迅先生》中的一段细节描写：

> 他们把那个拉车的扶上车子，一个蹲着，一个半跪着，爸爸拿镊子给那个拉车的夹出碎玻璃片，伯父拿硼酸水给他洗干净。

这段描写形象地体现了伯父和爸爸关心、热爱劳动人民的美好品质。"扶、蹲、跪、夹、洗"这一系列细小动作的描写充分说明了伯父的细致、热心。

"于细微处见真情"。这段细节描写丰富了人物的形象，使人物描写有血有肉有灵魂，而且把人物与众不同的个性凸显出来，从而使人物形象更鲜活。

细节描写对表现人物、记叙事件、再现环境都有着极其重要的作用。作家李准曾经说过："没有细节就不可能有艺术作品。真实的细节描写是塑造人物，达到典型化的重要手段。"写人则如见其人，写景则如临其境，细节描写的主要目的就在于此。

细节描写的技巧

素描法

素描本为绘画术语之一,即用线条描写或单色、不加彩色的绘画,这里指作文时,在语言上不尚华丽,只着意朴实。例如:

> 孩子吃完豆,仍然不散,眼睛都望着碟子。孔乙己着了慌,伸开五指将碟子罩住,弯下腰去说道:'不多了,我已经不多了。'直起身又看着豆,自己摇摇头说:'不多不多!多乎哉?不多也。'于是这群孩子在笑声里走散了"。(《孔乙己》)

这一段细节,寥寥几笔,把孔乙己这个人物思想和盘托出,"不多不多!多乎哉?不多也。"一个穷困落魄却又虚荣性十足的科举制度的牺牲品的形象跃然纸上。

工笔法

抓住人和物的典型特征,

准确描画出事物的细微特征和事件具体连贯的进程。例如：

孔乙己便涨红了脸，额上的青筋条条绽出，争辩道："窃书不能算偷……"（《孔乙己》）

在这里，孔乙己"额上的青筋"本在皮肤之下，不易被人看出；"条条绽出"，细腻入微，生动传神地写出了他内心的羞愧、善良、迂腐和无法摆脱廉耻的懊恼。

曲笔法

"文似看山不喜平"，对于典型细节，有时不用平铺直叙的方法，而是采用"曲笔"，层层铺垫，设下伏笔，不断设置悬念，有时还故意拖延，直到最后才揭开谜底，给人留下深刻的印象。

如《儒林外史》中对严监生临死前的描写：

严监生喉咙例痰响得一进一出，一声不到的，总不得断气，还把手从被单里拿出来，伸出两个指头。大侄子赶上前问道："二叔，你莫不是还有两个人不曾见面？"他就把头摇了两三摇。二侄子走上前问道："二叔，莫不是还有两笔银子在哪里，不曾吩咐明白？"他把两眼睁得溜圆，把头又狠狠地摇了几摇，越发指得紧了。奶妈抱着哥子插口道："老爷想是两位舅爷不在眼前，故此记念。"他听了这话，把眼闭着摇头，那手只是指着不动。赵氏慌忙揩着眼泪，走上前道："老爷，别人都说的不相干，只有我晓得你的意思！你是为那灯盏里点的两茎灯草，不放心，恐费了油。我如今挑掉一茎就是了。"说罢，忙走去挑掉一茎。众人看严监生时，点一点头，把手垂下，顿时就没了气。

作者通过精心的构思,首先设计出两个侄子和奶妈一而再、再而三地作出种种错误的猜测,以引起读者的好奇或猜测,直到妻子猜对了才"没了气"。这个细节留给读者的印象时十分鲜明强烈的,严监生这个守财奴形象跃然纸上。

贯穿法

就是前后文连续多次出现某细节的写法。

例如:《百合花》写小通讯员衣服挂破的细节,前后有三次:第一次,借被时"上去接过被子,慌慌张张地转身就走。不想他一步还没走出去,就听见'嘶'的一声,衣服挂住了门钩,在肩膀处,挂下一片布来"。第二次,去前沿阵地,"他已走远了,但还见他肩膀上撕挂下来的布片,在风里一飘一飘"的。第三次,包扎所里,"我看见一张十分稚气的圆脸,……军装的肩头上,落着那个大洞,一片布还挂在那里"。三次描写,其效果通篇一气贯串,首尾灵活,对小通讯员的印象一次比一次加深。这样的细节安排,自然而巧妙,初看时,不一定感到它的分量,可是后来,它就嵌在我们的脑子里,成为人物形象的有机的、不可缺少的部分。

造型法

对所描写的对象给出一定造型的方法。

例如,《七根火柴》中,无名战士用一只手抖抖索索地打开纸包,看着党证里夹着七根干燥的火柴向卢进勇招招手,等他凑近了,便伸开一个僵直的手指,小心翼翼地一根根拨弄着火柴,口里小声数着:"一、二、三、四……"一共只有七根火柴,他却数了很长时间。……那同志合拢了夹着火柴的党证,双手捧起,像擎着一只贮满水的碗一样,小心地放到卢进勇的手里,紧紧地把它连手握在一起,两眼直直地盯着卢进勇的脸说"记住:这,这是,大家的!"他蓦地抽回手去,深深地吸了一口气,用尽所有的力气举起手来,直指着正北方

向："好，好同志……你……你把它带给……"。这里，数火柴与交党证的姿势因其造型之魅力而深深地印在读者的心间。

对比法

即让同一个人在不同的情况下对待同一对象采取不同的，甚至完全矛盾的态度，造成鲜明对照。从而产生强烈的讽刺效果。或者同一个人的不同态度的对比。

例如，《变色龙》中奥楚蔑洛夫身上穿的那件大衣便是小说精心设计的一件用来表现人物内心的"道具"，文中四次反复写那件军大衣，头写"巡官奥楚蔑洛夫穿着新的军大衣……穿过市场的广场"，显示出他一副威严的神态。当他要教训放出狗来到处乱跑的"混蛋"时，听人说"这好像是席加洛夫将军的狗"，于是马上来了个大转变："席加洛夫将军？哦！叶尔德林，替我把大衣脱下来。"后来，他再次表示要惩处狗主人时，忽又听得狗是"将军家的"，他又变了："哦！……叶尔德林老弟，给我穿上大衣……好像起风了……"这里大衣一"脱"一"穿"，活画出奥楚蔑洛夫掩饰心虚胆怯的尴尬情状和媚上欺下，凌弱畏强的丑态。最后一次写大衣在小说结尾，当他确切知道这是将军家的狗并向首饰匠训斥一通之后，"紧裹大衣，接着穿过市场广场，径自走了"。这条变色龙又恢复了他那耀武扬威的常态，如此反复描写，把这条沙皇鹰犬的性格刻划得入木三分。

修辞法

巧妙的运用修辞，即比喻、拟人、夸张、反复等修辞手法，可以增强语言的生动性，变抽象为具体，使无形变为有形。

例如："老栓也向那边看，却只见一群人的后背，颈项都伸得很长，仿佛许多鸭，被无形的手捏住了的，向上提着。"这一细节，是用比喻的手法来描写一群麻木的、不觉悟的人们，在冷漠地观看刽子手杀害革命者情景的。比喻生动形象，真如浮雕一般现于读者眼前。

自己的同胞惨遭杀戮，人们却无动于衷，像看与自己毫不相干的街头热闹似的，令人伤心痛心。作者那强烈的愤懑及"哀其不幸、怒其不争"的炽烈情怀在这一细节中，淋漓尽致地表现出来。

标点法

即借用标点来突出细节的方法。鲁迅的小说《故乡》塑造了一个深受剥削压迫的淳朴农民的典型形象———闰土。小说在闰土的语言细节描写中，巧妙地借用标点符号，来表现闰土这二十多年来的变化，共有六句，其中却有了9个省略号，给人印象特别深的有两处：

一是见到"我"时，"闰土态度恭敬起来，分明的叫道：'老爷!'……"

二是当"我"问他景况时，"他只是摇头，'非常难，第六个孩子也会帮忙了，却总是吃不够……又不太平……什么地方都要钱，没有定规……收成又不好'"。

第一句写闰土的变化，一声"老爷!"破坏了他们往日的黄金般的友谊，在他们感情之间，"已经隔了一层可悲的厚障壁了"。一个省略号，真实而细腻地表现了闰土矛盾、痛苦的心理及令人为之惋惜的悲哀的变化。第2句分明是写闰土性格变化的社会根源，省略号显示了他的声音低微，又断断续续，正是"饥荒，苛税，兵，匪，官，绅"把他折磨成一个"木偶人"，使他走向痛苦的深渊。这省略号里，浸透了闰土的血泪，饱含了人生的辛酸。

NO6. 叙述与抒情描写写作指导

叙述描写的概念与方式

什么是叙述描写

叙述即记叙和述说。它是一种记人叙事并陈述其来龙去脉的表述方法,它一般包括时间、地点、人物、事件、原因、结果六要素。

记叙文以叙述和描写为主,但往往兼有抒情和议论,是一种形式多样,笔墨灵活的文体,也是最广泛的文体。记叙文写作,是把自己的亲身感受和经历通过生动、形象的语言,描述给读者。

记叙文有广义与狭义之分,狭义的记叙文,包括记叙性的文学作

品。广义的记叙文是指以记人、叙事、写景、状物为主,对社会生活中的人、事、景、物的情态变化和发展进行叙述和描写的一类文章,常见的如消息、通讯、特写、报告文学、游记、日记、参观记、回忆录,以及一部分书信等。正因为记叙文写的是生活中的见闻,所以一定要表达出作者对于生活的真切感受。

记叙描写的方式

1、顺叙

按照事件发生、发展的时间先后顺序来进行叙述的方法。顺叙是按时间的推移,空间的自然序列,作者或人物的思想感情发展的进程,人物活动的次序或事件的始末进行叙述。这是一种最基本最常用的叙述方法,它循着事物发展的程序,符合人们的接受心理和阅读习惯,便于把叙述内容表述得条理清楚,自然顺畅。运用顺叙要区分主次,讲究详略,注意疏密相间,防止平铺直叙。

2、倒叙

把事件的结局或某一突出的片段提到前面来写,然后再从事件的开头进行叙述的方法。

倒叙是先把叙述事件的结局或事件发展过程中某个突出片断提到前边来写,然后再按事件的发生发展顺序展开叙述,传统上称为"倒插笔"。

倒叙强调了事件结果或高潮,容易造成悬念,形成波澜,引人入胜。采用这种方法一定要根据表达的需要,不应强行运用。要注意起笔的"倒叙"与后文的"顺叙"部分的衔接,使之连接紧密,过渡自然。如沃勒在《廊桥遗梦》的开头即写道:"从开满蝴蝶花的草丛中,从千百条乡间道路的尘埃中,常有关不住的歌声飞出来。本故事就是其中之一。一九八九年的一个秋日,下午晚些时候,我正坐在书桌前注视着眼前电脑荧屏上闪烁的光标,电话铃响了。"作品采用倒

叙的笔法来叙述，先写叙述者的现在，然后再回忆故事主人公年轻时的一段恋情，使小说充满怀旧的色彩。

3、插叙

在叙述主要事件的过程中，根据表达的需要，暂时中断主线而插入的另一些与中心事件有关的内容的叙述。

插叙是在叙述过程中，根据表达内容的需要，暂时中断主线，插入相关的事情或必要的解说。插叙结束后，仍回到叙述主线上来。插叙的内容可以是对往事的回忆联想，可以是对某些情况的诠释说明，还可以是对人物、事件、背景的介绍。插叙补充丰富了人物，事件及背景，使文章内容得以充实，叙述曲折，形成断续变化，使行文错落有致。

4、平叙

就是平行叙述，即叙述同一时间内不同地点所发生的两件或两件以上的事。

这也就是传统小说中常说的"花开两朵，各表一枝"。对那些紧系于同一主干事件中的分支进行叙述时，多采用交叉叙述，这可以把头绪纷繁的人与事表现得有条不紊，并且突出了紧张气氛，增强了表达效果；对那些联系不甚紧密，而又由同一主线贯穿的几个人、事、物进行叙述时，则多采用齐头并进的平行叙述，这可以把平行发展的事件交代得眉目清楚，显得从容不迫，而读者则可以同时看到平行的各个事件，从而获得立体的感受。

5、补叙

在叙述过程中对前文涉及的某些事物和情况作必要的补充，交待。它的作用在于对前文所设伏笔作出回应，或对前文中有意留下的接榫处予以弥合。补叙，可以使内容完整充实，情节结构完善，使记叙周严，不留破绽。

记叙文的写作技法

巧设悬念

把文章后面将要表现的内容,先在前面作一个提示,但不马上解答,以引起读者的好奇兴趣,产生急于看下去的迫切心情,这样文章的开头,我们称为巧设悬念。它的好处是能避免结构上的单调,使文章的情节波澜起伏,引人入胜。

一线串珠

记叙文的线索是贯穿全文、将材料串连起来的一条主线,它把文章的各个部分联结成一个统一、和谐的有机体。如果说丰富而生动的材料是一颗颗珍珠,那么线索就是将这些珍珠串连起来的一条线。

记叙文的线索主要有实物、人物、事件、时间、地点以及以作者的思想感情等。无论采取哪种线索,都必须从表现文章的中心思想和体现各种材料之间的内在联系出发,灵活巧妙地确定。

以小见大

以小见大，就是以小题材表现大主题的方法。生活中有些材料看起来似乎很平常，但却包含了深刻的意义。"一滴水也可以反映太阳的光辉"。只要善于透过现象发现本质，小材料同样能反映深刻的主题。如《一件珍贵的衬衫》。

穿插流动

在叙述过程中，插入一些与情节相关的内容，使文章的内容更加丰富，这种用在谋篇上的手法，叫穿插流动。穿插流动的手法，是插叙的一种特殊用法。如吴伯箫的《难老泉》和翦伯赞的《内蒙访古》，前者记叙山西晋祠难老泉的景物时，不时穿插文史资料、传说故事；后者描写内蒙风光和古迹时，插入文献和历史事实。这些插入，不仅能使文章的内容丰富，而且增加可读性。玉安忆的《雨，沙沙沙》记叙一位姑娘在雨夜没搭上末班车而走回家，一路上思绪流动，文章就多次插入这位姑娘心灵深处的意识活动，反映了姑娘对美好未来的向往和追求，这篇文章也是运用了这种手法。

当然，一篇文章中的穿插也不宜大多，过多的穿插也会影响文章本身的连贯性。

粗笔勾勒

粗笔勾勒法就是用寥寥的几笔重点勾勒出人物外貌的主要特征。采用粗笔勾勒法描写人物肖像，可以对人物的身材、体型、衣着、容貌、神情、姿态、风度的某一方面或几个方面作简要的勾勒。

运用粗笔勾勒法描写人物肖像要抓住人物的最主要的特征，用朴实的文字简略地写出来，不宜用过多的形容词、过多的比喻。其次要简练传神，通过寥寥几笔勾勒出人物的大致形象。

曲径通幽

杨朔的散文《荔枝蜜》意在由蜜蜂而赞颂劳动人民的崇高品质，

并表达自己向劳动人民学习的意愿。但文章并没有直接道出这一主题，而是通过展示作者对蜜蜂思想感情的变化，曲折有致地表达了主题。作者开头写自己对蜜蜂在感情上"疙疙瘩瘩"，接着写自己因吃了荔枝蜜而"想去看蜜蜂"，然后又写了蜜蜂的辛勤劳动与养蜂人的介绍。文章结尾写作者做梦"变成一只小蜜蜂"。由此可见，"曲径通幽"是指一种不是开门见山，直抒胸臆，而是曲折委婉地逐步显现主题的谋篇手法。

烘托艺术

烘托艺术原是中国画的技法名称，是指渲染某一部分，衬托出另一主要部分。把这种手法运用到文章的构思中来，就是从侧面通过描绘某件事、景或人的方法来衬托出主要人或事物，又称"衬托法"。衬托，也叫映衬。

衬托，可分正衬和反衬。正衬，就是用类似的事物，从正面去陪衬。烘托主要事物。如"风萧萧兮易水寒，壮士一去兮不复返。"用冷风寒水来衬托壮士此行的悲壮。又如"蓝天衬着矗立的巨大雪峰"，用蓝天衬雪峰，使雪峰更高大

反衬，就是利用同主要事物相反或相异的事物作陪衬。如上例中的蓝天的蓝，来衬托雪峰的白，使雪峰更洁白。又如"蝉噪林愈静，鸟鸣山更幽"，以有声衬无声。

运用衬托要爱憎分明，要宾主分明，陪衬事物与被陪衬事物，要让人一看便清楚，不能喧宾夺主。

衬托，意在衬，两事物有主宾之分，突出的是主要一方。如："先天下之忧而忧，后天下之乐而乐"与"已是悬崖百丈冰，犹有花枝俏"，前句是对比，后句是反衬。

画龙点睛

画龙点睛是指在适当的时候以一二句议论，点明事物、人物、景

物的意义之所在，或揭示作品主题，醒人之耳目，给人以启迪。点睛之处可以是在篇中，也可在篇末。

铺垫蓄势

铺垫也称铺叙衬垫，它是为了突出主要的人物或事物而铺叙另外的人物或事物以作衬垫。运用铺垫写法是为了蓄积气势，是为了突出文章主旨。陶铸《松树的风格》前几段的大量文字浓墨重彩地描绘松树的形象，赞美它"要求于人的甚少，给予人的甚多"，又用杨柳、桃李同松树作对比，补充说明松树"给人以启发、以深思和勇气"，直到第九段作者才笔锋一转，点明题旨说："我每次看到松树，想到它那种崇高的风格的时候，就联想到共产主义风格。"原来此篇前面对松树的描绘和赞美是铺垫蓄势，后面对共产主义风格的赞美才是全文的主旨。这篇文章正因为有了前面形象感人的铺垫，后面入题也才显得格外坚实有力。

前后照应

前后照应法可以使文章严谨连贯，浑然一体，又突出内容和结构上的内在联系。照应一般有以下几种：

（1）内容和标题相照应。这种照应方法常常是内容安排多处和题目照应，或在恰当的地方直接、间接地点明题意。如《背影》，文中多次描写"背影"，既与标题"背影"相照应，又进一步点明题旨，充分表达了作者对父亲深深的思念之情。

（2）行文中间照

应。这种照应方法就是在文章前面写事，后面行文交代前面所写事的结果，使内容相互补充，层层深入。

（3）结尾与开头照应法。在文章的结尾处对开头交代的事情作必要的提及，使文章首尾一致，成为有机的整体。如《白杨礼赞》一文，开头和结尾照应，不但使文章结构显得非常完整，而且使作者的赞美之情得到了淋漓尽致的抒发。

镜头剪辑

镜头指影视所拍摄的一系列画面。镜头剪辑用于写作，指选取一组生动的画面来表现主题。此类文章是将所写的人物按照或故事、或画面、或片段、有序地写下来，其间的每一部分都可单独成文，组合起来又是一个完整的篇章。这种又被人们称为"冰糖葫芦式"结构，由于其形式新颖，巧妙精致而受到好评。

卒章显志

在文章结尾时，用一两句话点明中心、主题的手法就叫卒章显志，也叫"篇末点题"，"志"就是指文章的主题、中心。恰当运用这种手法可以增加文章的深刻性、感染力和结构美，有"画龙点睛"的艺术效果。

时空交织

在记叙一件较复杂的事情时，在同一时间段中，先叙甲地的情况，再叙乙地的情况，转而再写甲地的人事，这就是"时空交织"的文章构制方法。它有利于结构紧凑，文字简练。早年有一篇著名的通讯，题为《为了六十一个阶级弟兄》，说的是平陆县六十一个民工突然发生食物中毒事故。作者先写民工中毒后的场面，接着写卫生部接到紧急求援电报，再写平陆医院抢救经过，转而又写北京有关医药商店调运紧急药品的情况，如此轮流反复交织的叙说，构成了一曲动人心弦的凯歌。当然，采用这种方法有一定难度。

有时，在叙述一件事的过程中，作者运用插叙、补叙等手法，也可构成"时空交织"的感觉，我们把这种谋篇方法也纳入"时空交织"中。

一波三折

记叙性文章要避免平铺直叙，记流水账，如能写得波澜起伏，就能引人入胜，耐看。

俄国作家柯罗连科的写景小品《火光》通篇运用了象征手法，但从字面上看，数百字的短文，由作者的感受引发了一波三折的景物变化，黑夜泛舟，火光又明又亮，好像就在眼前，这是开头展示的基本景象；船夫不以为然，认为还远着呢，兴起一波；自己从不相信到信服，又兴起一波；由"非常遥远"到"毕竟就在前头"，重要的是"必须加劲划桨"再兴一波。

"一波三折"，"波折"要入情入理，让读者产生情理之中、意料之外的感觉，方能做到引人入胜。而脱离生活，故弄玄虚的"波折"非但不能吸引读者，还会适得其反。

欲扬先抑

"欲扬先抑"与"欲抑先扬"是相反的两种布局方法。杨朔写过一篇著名的散文《荔枝蜜》。他在文中说小时候因为被蜜蜂螫过，因此对它总有疙疙瘩瘩的厌恶之感，但后来在广东从化参观了养蜂场，尝到了荔枝蜜，又听了养蜂老人的一番介绍，对小生灵蜜蜂顿生敬仰之情，它那勤恳、无私的品质正体现了中国劳动人民的美德。这是典型的欲扬先抑写作手法。所谓欲扬先抑，是指本要大力颂扬的对象，而落笔开始却贬抑它，批评它。前文的"抑"，反衬了后文的"扬"。采用这种写作手法，要自然合理，切不可牵强生硬。

记叙文描写的开头技法

悬念式开头

也称倒装式开头或直接切入式开头。即开篇以特写镜头写出事件的某个最富有吸引力的片段或事情的结果,以设置悬念,吸引读者。

例如某同学以"空间"为话题写的一篇作文开头:

"李轶凡自杀了!"

"不会吧,他平时那么听话,学习成绩又是这么好,怎么可能呢?"

"是呀。他的爸爸妈妈是那么地关心他……"

接着作者追叙了李轶凡自杀的原因及经过,从而表现像李轶凡那样的学生们对拥有自己的心灵空间的渴望。

开门见山法

开门见山,就是直截了当的落笔扣题,总领全篇,纲举目张。

如:朱自清《背影》一文开头:

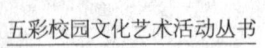

我与父亲不相见已二年余,我最不能忘记的是他的背影。

直截了当的开头,直接进入主题,就更容易使中心突出,读者读起来也容易抓住要领,掌握内容,深刻了解主题。

景物描写开头法

用景物描写可渲染气氛,推动情节发展;可铺垫情节,导出下文。如《驿路梨花》中开头描写了自然环境:

山,好大的山!起伏的青山,一座挨一座,延伸到远方,消失在迷茫的暮色中……

这里渲染了哀牢山中深远迷茫的气氛,对后文边疆助人为乐的感人事迹起了很好的衬托作用。

诗词、歌词、格言等引用开头法

巧妙的引用与文章相关的诗词、歌词、格言等作为自己文章的开头,能使文章生动活泼,读来令人亲切,吸引读者。

如学生习作《人生需要挫折》开头:

不经历风雨,怎能见彩虹,没有人能随随便便成功",在通往成功的道路上,不是一帆风顺的,磨难挫折必不可少。

学生习作《草》开头引用白居易《草》作开头:

离离原上草,一岁一枯荣。野火烧不尽,春风吹又生。

这里作者巧妙引用歌词，诗词开头既增添了文章的生动性，也起到了文眼的作用。

抒情式开头法

这种开头的语言常常抒发某种感情、或赞美、或悲痛、或激动、或欢乐……在抒情过程中，也常常运用许多修辞手法。

如在《春》的一文开头中：

盼望着，盼望着，东风来了，春天的脚步近了。

开头就运用反复拟人手法表达了作者盼望春天的强烈感情。

又如：学生习作《我爱秋天》开头：

一年四季，春的姹紫嫣红，夏的绿满枝头，秋的丰盈充实，冬的银装素裹，都宛如一幅幅画卷，但我更钟情于秋天。

这样开头既写出四季特点，又巧妙抒发了作者对秋天的独特情怀。

吸引读者设问法

作文开头，提出疑问，既能总起下文，又能吸引读者，激起读者好奇心理，以致于急切地读下文。

如《秋魂》中秋味篇开头：

你品味过秋吗？它是什么滋味？

《秋色篇》中开头：

秋是什么颜色?

学生习作《美》开头也写到:

美是什么?

这样的设问式开头,简洁、明快,下文顺理成章,从不同角度进行表达,既拓展了思路,又吸引了读者。

诗意式开头法

也称整句式开头,即运用排比、比喻、拟人等修辞手法,采用骈句、整句的形式开头,来议论点题、抒发感情或点题、总领全文,以达到引人入胜的效果。

例如,2000年高考话题作文"答案是丰富多彩"题为《轻轻落地的一滴水》的佳作开头:

一滴水轻轻落地,是森林中叶片上滚下的露珠,还是峭

壁岩石间的清流？是云的哭泣还是雾的叹息？答案是丰富多彩的。你喜欢小桥流水的温馨，还是大漠孤烟的雄浑？你偏爱银装素裹的北国风光，还是热烈浪漫的南国风情？我想，答案也是因人而异的。

再如"以'家'为话题，写一篇文章"的文章《回家》开头：

  远去的飞鸟，永恒的牵挂是故林；漂泊的船儿，始终的惦记是港湾；奔波的旅人，无论是匆匆夜归还是离家远去，心中千丝万缕、时时惦念的地方，还是家。

本文用三个结构相近的句子组成排比句，用"飞鸟"、"船儿"、"旅人"类比来点题，形象生动而富有吸引力。

再比如以"挫折"为话题写的一篇题为《感谢"挫折"》的文章，开头是这样的：

  未经历坎坷泥泞的艰难，哪能知道阳光大道的可贵；未经历风雪交加的黑夜，哪能体会风和日丽的可爱；未经历挫折和磨难的考验，怎能体会到胜利和成功的喜悦。挫折，想说恨你不容易……

议论抒情相结合，并开篇点题。

记叙文描写的方式

顺叙

按照事件发生、发展的时间先后顺序来进行叙述的方法。顺叙是按时间的推移，空间的自然序列，作者或人物的思想感情发展的进程，人物活动的次序或事件的始末进行叙述。这是一种最基本最常用的叙述方法，它循着事物发展的程序，符合人们的接受心理和阅读习惯，便于把叙述内容表述得条理清楚，自然顺畅。运用顺叙要区分主次，讲究详略，注意疏密相间，防止平铺直叙。

倒叙

把事件的结局或某一突出的片段提到前面来写，然后再从事件的开头进行叙述的方法。

倒叙是先把叙述事件的结局或事件发展过程中某个突出片断提到前边来写，然后再按事件的发生发展顺序展开叙述，传统上称为"倒插笔"。

倒叙强调了事件结果或高潮，容易造成悬念，形成波澜，引人入胜。采用这种方法一定要

根据表达的需要，不应强行运用。要注意起笔的"倒叙"与后文的"顺叙"部分的衔接，使之连接紧密，过渡自然。如沃勒在《廊桥遗梦》的开头即写道："从开满蝴蝶花的草丛中，从千百条乡间道路的尘埃中，常有关不住的歌声飞出来。本故事就是其中之一。一九八九年的一个秋日，下午晚些时候，我正坐在书桌前注视着眼前电脑荧屏上闪烁的光标，电话铃响了。"作品采用倒叙的笔法来叙述，先写叙述者的现在，然后再回忆故事主人公年轻时的一段恋情，使小说充满怀旧的色彩。

插叙

在叙述主要事件的过程中，根据表达的需要，暂时中断主线而插入的另一些与中心事件有关的内容的叙述。

插叙是在叙述过程中，根据表达内容的需要，暂时中断主线，插入相关的事情或必要的解说。插叙结束后，仍回到叙述主线上来。插叙的内容可以是对往事的回忆联想，可以是对某些情况的诠释说明，

还可以是对人物,事件,背景的介绍。插叙补充丰富了人物,事件及背景,使文章内容得以充实,叙述曲折,形成断续变化,使行文错落有致。

平叙

就是平行叙述,即叙述同一时间内不同地点所发生的两件或两件以上的事。

这也就是传统小说中常说的"花开两朵,各表一枝"。对那些紧系于同一主干事件中的分支进行叙述时,多采用交叉叙述,这可以把头绪纷繁的人与事表现得有条不紊,并且突出了紧张气氛,增强了表达效果;对那些联系不甚紧密,而又由同一主线贯穿的几个人、事、物进行叙述时,则多采用齐头并进的平行叙述,这可以把平行发展的事件交代得眉目清楚,显得从容不迫,而读者则可以同时看到平行的各个事件,从而获得立体的感受。

补叙

在叙述过程中对前文涉及的某些事物和情况作必要的补充,交待。它的作用在于对前文所设伏笔作出回应,或对前文中有意留下的接榫处予以弥合。补叙,可以使内容完整充实,情节结构完善,使记叙周严,不留破绽。

抒情描写的种类

抒情，就是对主观感情的抒发和表达。抒情文则是以情感的抒写作为主要写作目的的文章。抒情是一种重要的写作手法，抒情文也是重要的散文形式之一。

直接抒情

写作者不借用其他方式而直接地倾吐胸中的感情，也称为"直抒胸臆"。在现代诗文中，有许多直接抒情的佳作。

例如秦牧在《土地》的结尾写道：

> 让我们捧起一把泥土来仔细端详吧！这是我们的土地呵！怎样保卫每一寸的土地呢？怎样使每一寸土地都发挥它的巨大的潜力，一天天更加美好起来呢？党正在领导和率领着我们前进。青春的大地也好像发出巨大的声音，要求每一个中国人民都作出回答。

写作者不是直接出来抒发对人物、事物的感情，而是在叙述、描写和议论中渗透自己的感情，或者借人物之口来抒发自己的感情。

间接抒情

通过叙述抒情：这是一种寓情于事的抒情方法，称为叙述性抒情。其特点是用充满感情的笔调进行叙述。

通过描写抒情：这是在描写人物尤其是描写景物时进行抒情的方法，可称为描写性抒情。写作时须把感情倾注、融会在描写之中，使描写带有鲜明的感情色彩。

通过议论抒情：这是一种附情于理的抒情方法，可称为议论性抒情。运用这种抒情方法，应注意它与一般谬论有所不同，这里的议论只是抒情的手段，是为抒情服务的。在写作时，不需要交代论据，也不必进行论证，只要用饱蘸浓郁感情的语言来议论人物、事物、景物，就可达到通过议论进行抒情的目的。

抒情的方法是受抒情的方式影响或决定的；而抒情的方式、方法则又是受抒情的内容影响或决定的。也就是说，必须根据所抒之情确定抒情之法。

叶圣陶在《作文论》中指出："抒情的工作，实在是把境界、事物、思想、推断、等等，凡是用得到的足以表出一种情感的——抽出来，融会混合，依着情感的波澜起伏，组成一件新的东西，可见这是一种创造。但从另一方面讲，工具必取之于客观，组织又合于人类心情之自然，可见这不尽是创造，也含着摹写的意味。"

一般来说，直接抒情多与写人、记事、写景、状物结合使用，在这些写作的基础上，画龙点睛或是点明题意。直接抒情还经常用于作者感受最深刻、感情最强烈的地方，以精练的语言表达浓郁的感情和强烈的感染力。间接抒情因其表现手法的多样和含比直接抒情要广泛。但在大多情况下，两者是结合使用的，在间接抒情的基础上，以直接抒情点题或是升华情感，效果往往不错。

抒情描写的方法与技巧

抒情描写的方法

1、借景抒情法

借景抒情又称寓情于景,是指作者带着强烈的主观感情去描写客观景物,通过景物来抒情。它的特点是"景生情,情生景",情景交融,浑然一体。在文章中只写景,不直接抒情,以景物描写代替感情抒发,也就是王国维说的"一切景语皆情语"。

如杜甫的《春望》:

"国破山河在,城春草木深,感时花溅泪,恨别鸟惊心。"诗人通过对花鸟草木的描写来抒发亡国的忧愤、离散的感伤。在写作中,抒情而不直写情,绘景而不止写景,借景抒情,情以景兴,能使文章含而不露,蕴藉悠远,情丰意密,深切动人。

2、触景生情法

触景生情，是指触及外界景物而引起情思，发为感叹述怀的方法。这种方法可以先写景，再抒情；也可以先抒发对景物的感受，然后再描写景物；还可以把二者交织起来，一边写景，一边抒情。写景是为了抒情，笔在写景，却应当"字字关情"。

3、咏物寓情法

咏物寓情，是通过描写客观事物来表达自己思想感情的一种表现手法。咏物寓情的关键在于"寓"。它的特点是，只描写物象，不直接抒情，作者将所要表达的思想感情寄寓在对物象的具体描绘之中，通过比喻、拟人、象征等方式，委婉曲折地表现作者的思想感情。

4、咏物言志法

咏物言志，是指有感于外物而述志抒怀的方法。它与咏物寓情的区别是：咏物寓情只状物，不直接抒情；以状物代替抒情；咏物言志既状写事物，也直接抒怀，因物生情，有感而发。

如许地山的《落花生》就是咏物言志之作。文章首先"咏物"，描写花生的可贵品质："它只把果实埋在地底，等到成熟，才容人把它拔出来。"然后"言志"，说明做人的道理：要做有用的人，不能做表面好看而对别人没有益处的人。咏物言志，既有物象，又有情志，情志因物象而显得具体，物象因情志而饶有韵味。二者相融相汇，相映生辉。

5、直抒胸臆法

直抒胸臆，就是作者或作品中的人物，不借助于任何别的手段，直接地表白和倾吐自己的思想感情，以感染读者，引起共鸣。如魏巍《谁是最可爱的人》，在介绍志愿军战士的几个英雄事例后，写下了这样一段抒情文字：

朋友们，用不着多举例。你已经可以了解我们的战士是

怎样的一种人,这种人是什么一种品质,他们的灵魂是多么美丽和宽广。他们是历史上、世界上第一流的战士,第一流的人!他们是世界上一切伟大人民的优秀之花!是我们值得骄傲的祖国之花!我们以我们的祖国有这样的英雄而骄傲,我们以生在这个英雄的国度而自豪!

作者饱含深情,直抒胸臆,表达了对志愿军战士的无比崇敬和热爱之情。

6、融情于事法

融情于事,指通过叙述事件来抒发感情,让感情从具体事件的叙述中自然地流露出来,感染读者。这种渗透着感情的叙述,读者品味起来就更觉得真诚可亲。如朱自清的《背影》,写父亲给儿子道别时买橘子的那一段叙述文字,情真意切,感人至深。

> 我看见他戴着黑布小帽,穿着黑布大马褂,深青布棉袍,蹒跚地走到铁道边,慢慢探身下去,尚不大难。可是他穿过铁道,要爬上那边月台,就不容易了。他用两手攀着上面,两脚再向上缩;他肥胖的身子向左微倾,显出努力的样子。这时我看见他的背影,我的泪很快地流下来了。

这一段叙述文字,朴实无华,把慈父的爱子之情和儿子对父亲的感激之情表达得淋漓尽致。

7、融情于理法

融情于理,就是把感情寄寓在说理之中,理中含情,既可以使情具有深度、厚度,又可以使理闪烁出充满个性色彩的情思。拨动人的心弦。如林觉民的《与妻书》就是一篇融情于理的美文。为了向妻子

149

最后一次表白自己的心志和爱憎，作者并非情意缠绵，泪语柔情，而是以理代情：

> 吾至爱汝，即此爱汝一念，使吾勇于就死也……助天下人爱其所爱，所以敢先汝而死，不顾汝也。汝体吾此心，于啼泣之余，亦以天下人为念，当亦乐牺牲吾身与汝身之福利，为天下人谋永福也。汝其勿悲！

作者将爱妻之情与"勇于就死"之理熔为一炉，以含情之笔说理，以明理之言诉情，感人肺腑，催人泪下。

抒情写作的技巧

1、感叹法

就是要想方设法把各种抽象的感情，如"喜、怒、哀、乐"、"阴、晴、圆、缺"等，透过文字的修辞，转变成具体的印象，才能使读者产生"感同身受"的共鸣。如在《我是一只渴望飞翔的鸟》中有这样一段描写：

> 相信我们吧！外面的风再狂雨再大，我们有顽强的毅力，也阻止不了我们前进的步伐；山再高水再深，我们有坚定的信念，也浇灭不了我们斗争的火焰！
>
> 不管距离我能够飞翔还有多长时间，我仍不会灰心，因为我是一只渴望飞翔的小鸟。

作者通过抒情真诚地呼唤，渴望理解，追求自由，给人留下深刻的印象，实际也是对当今的家庭教育进行剖析，提出了一个值得关注与思考的问题。

2、直陈法

就是把自己的情感或利用文字或举出事例说明，直接说出来传达给读者。在《攀登改变了我》中有这样一段描写：

　　父亲让我看绝壁劲松，它们都是在最艰苦的地方生根发芽，长大成才，有时只是一棵，独立在悬崖绝壁之中，却粗大无比，笔直地伸向空中，决不旁骛，我顿时明白了父亲的良苦用心。攀登，我征服了高山！更征服了自己！

　　如今，我坐在考场，接受人生又一次巨大的考验，胸前，父亲送我的小鹰振翅欲飞，我又想起那难忘的经历，那次攀登高山的经历改变了我！

　　现在，是另一种攀登，别一种挑战，我将沉着应对，鹰击长空酬壮志，翱翔天宇振翅飞！

作者通过攀登大山的体验告诉我们，要敢于挑战自我，并举出事例，这场中考也是一次攀登的体验，直接把感受传达给读者。

3、比喻法

"比喻法"或"比拟法"就是用"好像、仿佛、似的、犹如"等词，或举读者熟悉的人、事、物、例子，或"借物比我"，或"以我比物"的方法来传达、衬托自己的情绪和感情，以加深读者的印象。

　　有时候，一滴水就是一片海，一片树叶就是一个春天，一段故事就是一段人生，我在一则故事里受到了启发，它让我更爱我的亲爱的妈妈。（《那一次，我很受启发》）

通过比喻抒发了妈妈对"我"的爱以及"我"对妈妈的理解。

4、衬托法

就是借描写周围的景物制造出某种气氛,来衬托作者情感,使读者有更深刻、更强烈的感受。在《你还会浮躁吗》中有这样一段描写:

> 江南细雨夜,手捧一壶香茶,听窗外雨声滴滴答答;阅手中万卷诗集,品古今文人墨客,各领风骚。于是斜风细雨不需归,一切都悠悠然地安静下来。你还会浮躁吗?

这里通过描写雨夜品茶听雨,阅诗品文,抒发了书籍对人的感化作用。

总之,抒情的技巧很多。只要我们在写作时,有意识地运用,就能使文章具体、真挚感人。

抒情写作的注意事项

抒发健康的、高尚的情感

写作时，我们要抒爱国主义之情，抒社会主义之情，反对抒发低级的、颓废的和庸俗的感情。

感情要健康、真挚，古人云："情贵乎真。"只有表达健康、真挚的感情，文章才能感动人。如果感情虚假、无病呻吟，甚至有低级趣味，那么即使文章运用再多的优美词语，也只是表面华丽，实则没有感人的力量。至于矫揉造作地堆砌一些所谓抒情性的语句，或有不

健康的情调，不但不能引起读者的共鸣，反而会使人感到厌烦。

抒发真挚的实在的情感

孔子说："情欲信，辞欲巧。"信，就是真实；写作要抒发真情实感。因为"不精不诚，不能感人。故强哭者虽悲不哀，强怒者虽威不严。"我们必须在真实的写作中杜绝虚情假意，无病呻吟。也不能故作多情，为文造情。

抒情要自然、真切。抒发自己的感情，就要说自己心里想说的话，即心中怎样想就怎样写，有什么感受就写什么感受，让感情在文中自然地流露出来。这样，文章才能避免矫揉造作，读后使人感到清新、自然。

抒情要讲究方式、方法

在写作时，应根据主题表达的需要，认真斟酌、选择抒情方式、方法，重视抒情技巧。

会运用直接抒情和间接抒情。直接抒情就是在作者情之所至之时直抒胸臆。它以叙事、记人、写景、状物为基础，根据文章内容的需要灵活使用，往往用在作者感受最深、感情最强烈的地方，语言要精练，并往往蕴含着生活的哲理，旨在深化中心，增强文章的感染力。

间接抒情是借助文中的叙述、描写和议论做媒介抒发感情。因依附的事物不同，具体表现形式也有差异，或依附于人，写人为抒情服务，人物形象不求完整，有时只写几个片段，借以抒发作者的感情。

如朱自清的《背影》；或依附于事，把浓郁的情感熔铸在事件的记叙中，如刘绍棠的《暮春》；或依附于景，通过景物的描写来抒情，情景交融，如宗璞的《西湖的绿》、朱自清《春》；或依附于物，通过对某种物体的叙写来抒情，即托物抒情，如茅盾的《白杨礼赞》、郑振铎的《海燕》，等等。间接抒情比直接抒情运用得普遍、广泛，效果也比直接抒情好。但是，为了更好地表情达意，最好在文中把这两种方式有机地结合起来使用。

抒情应充分利用修辞手法

文采，不在于文字的花哨和刻意雕饰，而是在于表情达意，朴实真挚。如果堆砌词藻，就象爱美而又不善于打扮的女人一样，以为涂脂抹粉，越浓越好，花花绿绿，越艳越好，其实俗不可耐，令人见了皱眉。

抒情写作，要有特别敏锐的眼光和洞察力，能看到和发现别人所没有看到的事物，还需有异常严密而深厚的文字功夫。写作时，不能心浮气躁，要静下心来，挖空心思找到准确的词句，并把它们排列得能用很少的话表达较多的意思。这就是古人所说的"言简意繁"。要使语言能表现出一幅生动的画面，简洁地描绘出人物的音容笑貌和主要特征，让读者一下子就牢牢记住被描写人物的动作、步态和语气。

语言的朴素美，并不排斥华丽美，两者是相对成立的。在散文作品里，我们往往看到朴素和华丽两副笔墨并用。该浓墨重彩的地方，尽意渲染，如天边锦缎般的晚霞；该朴素的地方，轻描淡写，似清澈小溪涓涓流淌。朴素有如美女的"淡扫蛾眉"，华丽亦非丽词艳句的堆砌，而是精巧的艺术加工，不着斧凿的痕迹。但不论是朴素还是华丽，若不附属于真挚感情和崇高思想的美，就易于像无限的浮萍，变得苍白无力，流于玩弄技巧的文字游戏。

像生活的海洋一样，语言的海洋也是辽阔无边的。行文潇洒，不拘一格，鲜活的文气，新颖的语言，巧妙的比喻，迷人的情韵，精采的叠句，智慧的警语，优美的排比，隽永的格言，风趣的谚语，机智的幽默，含蓄的寓意，多种多样艺术技巧的自如运用，将使创作越发清新隽永，光彩照人。

NO7. 话题作文与议论文写作指导

话题作文的特点

"话题",就是指谈话的中心;以所给的话题为中心,并围绕这个中心内容而进行选材写出的文章就是"话题"作文。这类作文题表面上一般不含有观点,内容上不予限制,形式上往往也是体裁不限。

话题作文是一种用一段导引材料启发思考,激发想象,用话题限定写作范围的作文题型。以话题为内容的开放式命题与以往的命题作文相比较,它的好处是给考生写作的空间更大,发挥的余地更大。

相关性

话题作文必须与话题相关,一般情况下,话题作文的要求只规定话题的范围,而不限定作文的主旨。

自由性

这是话题作文最大的特点。考生在题目、选材、文体、想象空间上有极大的自由性和自主性。

1、题目自由

所给话题可以不作题目,考生可以自拟题目。但所拟之题最好能体现文体的特点。

2、选材自由

只要是选择与话题相关的写,都有效。

3、文体自由

话题作文大都要求除了诗歌外,考生可自由选择记叙文、说明

文、议论文或戏剧等文体。

4、想象自由

话题作文在题目、选材、文体等所赋予考生广泛的自由度也使考生有更广阔的想象空间。但要注意想象深度。总之，话题作文缩小了对考生的限制，提供了更多的选择余地和想象空间。考生可以在作文中最大限度发扬自己的长处，写出自己的个性，体现自己的创造力。

形象性

"话题"式作文就是要让学生驰骋于形象思维的空间，表现中学生丰富的联想与想象能力。因为"话题"式作文更有利于形象思维的涌动，学生尽可以放开手脚，海阔天空，任意翱翔。他们可以充分展示自己的想象的空间，也可以任意展开联想的翅膀，"海阔凭鱼跃，天高任鸟飞。"

审题

把握好题目的关键所在于审清话题的限制，确定什么能写什么不能写。其次要审内涵，搞清话题的引申义。最后要审提示语，因为提示语是引出话题的材料。

写好话题作文的策略

小题大做

　　一般命题作文常常要求从日常生活的一事一景一物中摄取题材，并努力使平凡的题材具有深广的意蕴，此所谓"小题大做"。自高考作文命题打破传统之后，话题作文便应运而生，而这个话题往往是个大话题，如"新世纪畅想"、"答案是丰富多彩的"、"诚信"、"心灵的抉择"，等等。这样的话题作文最紧要的是能不能"大题小作"——即抓住一点，写深写透，避免泛泛而谈，"弱水三千，我只

取一瓢饮",并且让其中的每一滴水都能折射太阳的光辉。

1、小时空,集中体现大话题

话题作文要做到"大题小作",必须时间跨度小,空间转换少。著名的话剧《雷雨》将前后三十年间的恩恩怨怨集中在一天一夜这样短的时间内淋漓尽致地表现了出来,从而产生了强烈的艺术效果。写作文也是如此。如果不注意小时空,记叙文容易写成流水帐,议论文容易写成脚踩西瓜皮文章。

如1999年高考作文,一旦选取了时空点,故事就有特定的时间和地点,就有可能窥一斑而见全豹,以典型事件集中反映大主题,从而成为佳作。高考优秀作文特别是满分作文都能很好地做到这一点。

2、小角度,深刻反映大话题

话题作文要做到"大题小作",还必须从小角度入手。这个角度还须是这个话题的一个"子目录"。只有这样,才能产生"断其一指"的效果。

如在写作"电脑"这个话题作文的时候,不宜只是大谈电脑的历史,也不宜面面俱到地谈论其利弊。可以对话题进行分析研究,找出其"子目录",然后选择其中一点来写。从"利"的一面可写《电脑——人类的好帮手》,从"弊"的一面可写的更多了,《电脑的烦恼》、《电脑黑客》《经典网络爱情故事》等。这样无论是记叙文还是议论文,都会以角度小分析深取胜。

3、小场景,烘托大话题

话题作文要做到"大题小作",也必须选择小场景。契诃夫《变色龙》中选取了大街一个场景,将人物放在这个小场景中,让他自己表演,揭露其见风使舵的变色龙性格。在写作话题作文时,有意识地以小场景来折射大题材非常重要,它可使写出的小小说极其巧妙,从而以精巧打动阅卷者。

如"新世纪畅想"极其容易只是海阔天空地畅谈,而要写出真正有质量的文章,不妨"小做"。有一篇满分作文就选择了一个足球场为场景,以地球、月亮及九大行星组成的队伍与其他宇宙星球队进行一场精彩的比赛,却因为前锋地球生病,未能发挥应有的水平而落败,从而反映了地球生态环境污染问题,真正做到了大事"小做"。

蒙太奇手法

影视拍摄中有一种表现手法叫"蒙太奇手法",即用许多镜头适当打破时空界线,将故事剪辑组合到一起,以使上下贯通,首尾完整。在作文写作中,我们也不妨借用点蒙太奇手法,把多组不连贯的画面按一定的顺序组织排列在一起,以此来促进人物性格的形成和故事情节的发展,共同表达一个主题。

话题讲究"出新"

考场作文是在紧张氛围下的急就之作,考后由语文教学高手们只评不该改,划等打分。因此它有别与平日里的课堂作文,要想出格出新,就必须抓住或掌握一些考场写作"出新"的技巧。或以激情胜出,或以热点胜出;或以文采的流动而打动人;或以理性的深刻而引人注目……现笔者结合考场优秀作文,浅谈六种"出新"技巧,以期为广大考生提供一点帮助。

1、以"激情"出新

如果说一篇文章平淡无味,如上海的瘪三,那么势必人人都不喜欢;反之则会人见人爱。因而,考生在写作时要注意展现青年人朝气蓬勃的精神,要把作文与自己的远大志向巧妙结合,用自己的情感去倾泻,去浇灌;用自己的志向去感召,去激励;在文章中尽力展现为自己的理想而执着追求;为美好灿烂的明天而努力拼搏;为幸福与和平而奋不顾身……这些行为,这些举动,会激励人产生一种积极向上的勇气,更会激发阅卷老师的情感,左右着阅卷老师给分的情绪。所以考生必须把自己的全部激情灌注其中，尽可能地用激情来增加自己作文的吸引力、粘合力。

2、以"广博"出新

考场作文除了有饱满的激情外，还可以广泛地涉猎文史典籍，从而显示出厚实的历史和文化积淀，让文章散发出历史文化的云烟气息，因此，从文章内容上应超越一般考生的认知领域，展现出知识积累的广度和深度。要"见人所未见，发人所未发。"要充分调动自己知识的储备，恰巧地运用典型事件，编织成主旨贯一而文化底蕴深厚的文章。从而以渊博的知识获得阅卷教师的好评。

3、以"热点"出新

纷繁多变的当代生活是写作的源头活水。作为一名高考生，应时刻关注与日常生活有关的热点问题，只有保持投入生活的一份热情，把握社会跳动的脉搏，紧跟时代的步伐，才能写出具有时代性的文章，才能写出呈现新鲜生活的文章。因此，考生在选材上尽可能着眼当代热点，着眼当代新风，着眼当代改革。只有用热点的潮流去打动阅卷者的灵魂，才能博得他的青睐。

4、以"玄机"出新

话题作文最大的特点就是开放性，内容的开放，形式的自由。这样自然有利发挥你的创新意识。古人云："文似看山不喜平"，今人也强调"做人要真，写文要曲"，这些都从不同角度告诉我们，写文章要引人入胜，要苦心设计，在内容上或巧设悬念，套中扣套，或逆向结尾，欲扬先抑。在形式上可写成议论文，抒情文，甚至写短剧、书信、公告、事务文书等。只有内容上张驰得法，形式上新颖恰巧，自然就会让阅卷者叹服你的设计师的才华。

5、以"理性"出新

凡名篇佳作，往往内容深刻，理性突出，因而考生的考场作文

也应放眼未来，要善于把事物放在大背景下去看，去想，用世界的、长远的、人生的目光审视生命、人生、社会；要善于思辩，看到事物的多面性，用个性的眼光去审视世界；要善于冷静反思，打破常规格式，用个性的思考，别具的慧眼，去感悟世界。只有这样，写出的文章才能于形象中见哲理，于质朴中见深刻，于含蓄中蕴真义。才能让阅卷教师爱不释卷。

6、以"文采"出新

古人云："言之无文，行而不远。"其中的"文"即"文采"。古人也云："义虽深，理虽当，词不工者不成文。"这些都告诉我们，好的文章自然离不开好的文采，因而考生在写作时除了追求思想深刻，内涵丰富，意境深远外，还应注重文辞。好的文辞，读起来如饮香茗，余甘未尽；如食橄榄，余香无穷。考生在考场中倘能准确、简洁地用词，能根据表达的需要选择灵活句式和鲜活而独特的修辞，那么就会使自己的文章文采斑斓，引人入胜。

教师指导话题写作的策略

转变写作观念

话题作文比命题作文和命意作文带有更多的创造性，关键是对话题要有深刻的洞察力、敏锐的反映力、流畅的表达力。这就需要"深挖洞"、"广积粮"。

"深挖洞"即提高自己的思想认识水平，砥砺自己的思维品质。思想的获得需要用生命去体验，需要用阅读去滋养。"广积粮"即广泛地储备写作素材，培养深厚的文化底蕴。考察近年的高考满分作文，除了有独到的见解、独特的表达，就是有丰富的材料，阅卷的感觉真像品海味大餐、满汉全席。为此，在书山题海中蹒跚的学生要多搞活动。如时事短评，引导学生关注现实，关注社会，把握时代的脉搏；搞"无理辩三分钟"的活动，以锻炼学生的辩证分析能力；开办读书长廊，让学生饱读诗书。要多给学生提供些思考的话题，如交友、奉献、宽容、机遇、磨难、风度、青春、自由、财富、竞争等，

或师生共同搜寻话题,引导学生去捕捉触摸扫瞄探究,以提高认识,积累感受。

加强针对性训练和指导

1、引导学生观察社会,关注时代

现在仍有一些学生进入高三之后,"两耳不闻窗外事,一心只读教辅书"。其实,国事家事窗外事已经事事入题,物质文明、精神文明、人口、环保、资源、网络……都应纳入自己的视野,应该真实、真切、真挚地关注和体验生活,有了生活的源头活水,才能纵横捭阖,才能左右逢源,才能游刃有余,才能写出文质兼美的文章,才能在众多的考生中一花独秀,出类拔萃。况且,近年的高考鼓励创新,创新从何而来?从对生活的细心观察来,从对生活的认真思考来。

对此,章熊先生早就指出"作文的创新来源于观察分析能力和求新意识"。在书山题海中蹒跚的高三学生,仍需多一分激情,关注时代,多一分理智,感悟生活。

2、加强拟题方法的指导

标题是文章的眼睛,是文章内容和读者情感心理之间的第一个接触点,是让人一见钟情的因子,提供给读者窥视文章内容的独特视角。文不对题,眼睛无神,总是缺憾。让学生从直观的展示中吸纳营养;作文训练中集中罗列作文选尤其是高考佳作的好标题,让学生自己领悟模仿;师生共同总结各种文体的拟题方法,如:公式式、联想式、论点式、论题式、论辩式、关系式、比喻式、借代式、引用式、拟人式、仿用式、回环式、呼告式、故事式、应用文式、对联式等。

3、强化多角度立意

立意即确立写作意向,是表述自己的思想认识,是展示自己的情感意向。"意"是文章的灵魂,意胜则文胜。作文立意的四字诀为:准,切题不跑题;深,深刻不肤浅;稳,稳妥不走险;新,新颖不俗套。为此,要启动开放思维:多向思维、多角度思维、辐射思维、发散思维。引导学生多想,沿着话题的顺向逆向侧向作发散思考;围绕话题作类、因、果、法的揣摩;对于话题进行情理的联想。尽可能把应想到的角度都想到,以期寻求更多更新的角度,多中选稳,稳中选优,优中选深,深中选新。

4、加强对联想、想象能力的开掘

"想象力比知识更重要",科学家的这句名言,对于作文更为适用。想象力丰富的考生面对话题"一而能多",写起文章放得开,内容充实富于文采;想象力贫乏的考生,面对话题"一"就是一,写起文章文思枯竭、平淡无奇。引导学生围绕话题事物作相同、相近、相关、类比、对比、因果等联想;围绕话题作思前想后的追想,作虚拟性的设想,作前因后果的推想,如由鲜花推想到种子推想到果实,作一厢情愿的幻想等。

练平常也要练非常

1、努力做到思想内容深刻透彻

凡事往高处站一站,往深里想一想,带些哲理性和思辩性,行文力避第一思路。引导学生多思多想多疑,让学生的思维"发岔",将事物联系起来加以考察,由表及里,由浅及深,由近及远,由点及面,由实到虚,由大到小,由此及彼。

将话题向纵深开掘,探索说理的内核。素材的选择要有一定的深度、广度和力度。用延宕思维多中选优,优中择深。古人戴师初曾说:"凡作文发意,第一番来者,陈言也,扫去不用;第二番来者,正语也,停止不用;第三番来者,精语也,方可用之。"这种避开第一思路的做法可资借鉴。

2、要追求生动形象有文采

生动形象有文采来自文化底蕴,来自知识,来自视野,来自善于联想，来自巧于借鉴，来自精选的材料，来自深刻的思考，来自句式的选择，来自修辞的运用。为此要引导学生多品味精短诗文，把学生置于新奇活泼美妙创新的语言环境之中，在精彩文、精彩段、精彩句的熏染及对其模仿借鉴学习中提高自己的语言功夫。

如从《散文诗》、《杂文报》、《散文选刊》、《青年博览》等中选精美篇章。对精彩诗文含其英咀其华，久而久之，口有余香，可治"假大空"，亦可增加文情辞采。引导学生将仿例造句练着用、用着练，引入文章写作。

3、要有"新"的意识

构思往"独"里想一想，力图吃"独食"，想象奇特又合情理，夸张、渲染、虚拟、联想到位而不过头，反弹琵琶要自圆其说；材料要保持一定的"鲜"度，见解也才能别具慧眼，才能给阅卷人以新知，才能让在文山题海中遨游的阅卷人兴奋起来；体式要注意嫁接、衍生、翻转、脱胎，显示"新"意。

创新离不开借鉴，古人强调"善偷"，那是立意的学习，体式的借鉴，语句的移用和模仿，是化而用之，"偷"后要"移赃"，有犯有避，推陈出新，显现自己的个性与真情；而不是生吞活剥，更不是照抄照搬，"全盘西化"则全盘皆输。

话题写作的拟题与行文技巧

话题写作的拟题技巧

1、拟题要到位

话题作文大多要求同学们自拟题目,有的同学们贪图省事,直接将话题作为题目。其实,这是很不明智的做法,是万不得已才采取的下策。因为作为"话题"的词语,覆盖面极为广泛,轻易以这个词语作为作文题,无疑是给自己增加了下一步立意,选材,布局方面的难度。正确的做法是:

首先,拟题前认真审读提示语,调动自己的个人阅历,生活积累和对生活的感悟,紧扣话题这个词语,深入思考。

其次,拟写的作文题目要正确的符合话题内容,要尽量具体,角度要小,可以在凝练、含蓄、新奇、优美上下工夫,力求使命题过程成为一个对自己将要写的文章进行立意和选材方面的思索、辨析、筛选和凝聚的过程。

最后,要考虑所拟的题目要比较鲜明的透视出文体,立意,选材等尽可能多的信息,着不仅可以从多方面制约,帮助自己的写作,更可以让阅卷者尽快理解你的意图,同时给他带来愉悦和感染,使之"一见钟情"。

2、拟题有方法

拟题的方法可以多种多样,但有一个共同原则,那就是一定要紧扣材料与中心，主要有两种方法：

一种方法是给话题前面或后面加上若干个词语，对他进行修饰，限制或补充，把大题变小，恰倒好处拟订出适合自己写作的文章题目，比如"掌声"这样一个话题，有同学拟订的是《珍贵的掌声》、《难忘的掌声》、《掌声催我上进》等；比如"呼唤"这个话题，有同学拟的题目是《爱的呼唤》、《最后的呼唤》、《呼唤自由》等；

另一种方法是标题中不出现话题，而是在作文内容或中心的体现。如心愿这个话题，有的同学取的标题是《我想有个家》、《中国梦》、《团圆》、《妈妈，请放开我》等题目，直接体现了主题，更加有吸引人的力量。

3、拟题讲文采

好的标题往往是既通俗易懂，有简洁流畅，读起来上口，听起来悦耳。讲究标题的文学色彩自然是达到这个效果的重要方法。可以运用修辞，如《心的沟通爱的诗篇》（话题"沟通"）、《生活中的那扇门》（话题"发现"）、《拥抱大力神》（话题"把握"）、生动隽永；可以巧用标点，如《诚信！诚信？》（话题"诚信"）、《风筝的家》（话题"最需要"），饶有情趣；可以化用名句，如《人在

异乡不为客》(话题关爱)、《有钱难买幼时贫》(话题财富),耐人寻味。

话题写作的行文技巧

1、立意定位

"意"是文章的统帅和灵魂。虽然一篇好文章常常是由多方面的因素决定的,但在实践中,一篇文章的立意,常常是关键之关键。所以,我们通过对话题的内容和要求分析,把握话题以后,就需要从跟话题有关但角度比较小的范围内,拟定自己要写文章的立意。立意定了,文章就容易写得集中,重点突出,主线明了;就不会旁枝斜出,就不会无所不及,就不会东拉西扯,就不会不知所云。虽然有了一个立意是第一步,更好的是立意要新和深。但只有走出了第一步,才能向更好的发展。

2、文体定位

话题作文一般都会有一个"文体不限"的要求,同学们写作的自由度是增大了。但不管自由度有多大,文体不限并不是不要文体,而是说在同学们学过的几种文体中选择一种。我们选择了一种文体,就必须遵守这种文体的写作规范。否则好似一个人穿着中山装,却系着领带,不伦不类,就会让人笑掉大牙,作文自然得不到高分了。

3、题目定位

许多同学都会把话题当成题目,这样会有一些不妥。话题一般都是很大的,它只是给了我们一个作文的范围或切入口,如果用话题作为题目,往往会使文章帽子大个子小,头与身子不相称;常常还会抽象笼统,写不深刻,不能深入。所以我们写的每一篇作文都应该是话题的具体化。

在同学们已经定位了写作的主题和大致的文体后,接下来要同学们根据主题与作文要求拟一个合适的题目。所谓合适的,是指题目要

切合话题,适应文体,扣住作文的中心。因为话题是写作范围,同学们写作不能超出这个范围,而作文题目是写作时首先要考虑的。议论文的题目与记叙文的题目区别明显。题目要扣住中心,这是刚学写作文就提出的要求。当然作文题目尽量能力求创新,注意文采,能够借用古诗、成语改写等等多种方法是题目精彩独特。因为文章的题目,就如人的眼睛,往往给人一种深刻的印象。

4、开头定位

"好的开头是成功的一半。"此话不错,对于文章写作来说,更有着十分重要的意义。开头方法很多,在此陷于篇幅不能意义作介绍,现推荐《开头歌》供大家参考:"开头方法有五条,一条一条都有效。开门见山点题式,时间地点有分晓。渲染气氛描写式,写景开头定格调。抒情开头方法好,激发读者感情高。先叙结局悬念式,扣人心弦求根底。设问反问作开头,引人入胜添气氛。"

5、结尾定位

如果把开头比作"爆竹",那么结尾就是"撞钟"。古人说过:"好的结尾,有如咀嚼干果,品尝香茗,令人回味再三。"因此结尾也是不容忽视。如果一篇主题鲜明,角度新颖的文章,读到最后,却被一个不妙的结尾扫了兴,岂不可惜。

结尾除了要服务于文章的内容和中心外,还得受"开头"的制约,这样说来,结尾就更难写了。现代文学大师师陀他创作时就是先把结尾定位,然后再来构想全文,这样的文章就首尾一贯,一气呵成严谨而有味。当然结尾的方法也很多,这里也只能推荐《结尾歌》以供参考:"结尾也有好方法,每种方法都奇妙。自然结尾收束式,干脆利索废话少。总结结尾电题式,画龙点睛笔法妙。抒情议论做结局,突出中心让人明。结尾利用反问式,引人深思受启迪。"

议论文的特点与种类

议论文是以议论为主要表达方式,通过摆事实,讲道理,直接表达作者的观点和主张的常用文体。它不同于记叙文以形象生动的记叙来间接地表达作者的思想感情,也不同于说明文侧重介绍或解释事物的形状、性质、成因、功能等。总之,议论文是以理服人的文章,记叙文和说明文则是以事感人,以知授人的文章。

语言特点
1、准确、严密。
2、概括性和简洁性。

3、使用修辞，体现其用词鲜明、生动和感情色彩。

种类

1、立论文

（1）定义：以议论为主要表达方式，通过讲事实，摆道理，直接表达自己的观点和主张的文章体裁。

（2）要求：要对论述的问题有正确的看法；用充足有说服力的论据；要言之有理，合乎逻辑。

2、驳论文

（1）定义：论辩是针对对方的观点加以批驳，在批驳的同时阐述己方的观点

（2）方式：提出论点、证明论点、总结论点。

3、驳论文的破立结合

定义：首先指出对方错误的实质，再批驳已指出的错误论点，并在批驳的同时或之后针锋相对地提出自己的正确观点加以论证。

4、逻辑性体现

议论文的语言必须准确、鲜明、严密、有针对性。段落与段落之间 要有非常清楚的逻辑关系，如总分、对照、层进、并列等。借助起过渡性作用的语句来突出这种关系。如："有"、"还有"、"虽然、但是"、"固然"、"诚然"、"由此"是等。

5、思考

尤其是议论文，是奖善惩恶的，是对人们进行规劝疏导的，是对人们引导作用的，因此必须有说服力，并要有正确的价值取向。

认真上政治课，经常的看看说理性的文章、名言警句等，将提高我们的思想素质，提高我们认识能力，对我们写作，尤其是议论文的写作大有好处。它会起到丰富文章内容，深化文章思想，提高说服力的作用。

议论文的三要素

根据题目写出一个观点，再加以阐述说明，重要的是要有说服能力，三要素缺一不可，仔细看看下面的具体介绍，以后就可以多试着写作，这样作文才可以有长进。此外，还要多记一些名言警句和名人事例，以便在作文中更好的应用。总的来说，议论文的论点是要解决"要证明什么"，论据是要解决"用什么来证明"，而论证是解决"如何进行证明"的问题。

论点

论点（需要证明什么），是正确、鲜明阐述作者观点的句子，是一篇文章的灵魂、统帅。任何一篇文章只有一个中心论点，一般可以有分论点。论点应该正确、鲜明、概括，是一个完整的判断句，绝不可模棱两可。

1、正确性

论点的说服力根植于对客观事物的正确反映，而这又取决于作者的立场、观点、态度、方法是否正确，如果论点本身不正确，甚至是荒谬的，再怎么论证也不能说服人。因此，论点正确是议论文的最起码的要求。

2、鲜明性

赞成什么、反对什么，要非常鲜明，不能模棱两可，含糊不清。

3、新颖性

论点应该尽可能新颖、深刻，能超出他人的见解，不是重复他人的老生常谈，也不是无关痛痒、流于一般的泛泛而谈，应该尽可能独特、新颖。

论点的位置一般有四个：文题、开头、文章中间、结尾。但较多情况是在文章的开头，段落论点也是如此。当开始与结尾出现类似的语句时，开头的为论点，结尾处的是呼应论点。

论据

论据（用什么来证明）是支撑论点的材料，是作者用来证明论点的理由和根据，分为事实论据和理论论据两种。

1、事实论据

事实在议论文中论据作用十分明显，分析事实，看出道理，检验它与文章点在逻辑上是否一致。事实论据又包括事例和数据。

2、道理论据

作为论据的理论总是读者比较熟悉的，或者是为社会普遍承认的，它们是对大量事实抽象，概括的结果。理论论据又包括名言警句、谚语格言以及作者的说理分析。

论证

论证（怎样来证明）是用论据来证明论点的过程。论证的目的在于揭示出论点和论据之间的内在逻辑关系。议论文的论证一般分为立论和驳论两大类型。立论是对一定的事件或问题从正面阐述作者的见解和主张的论证方法。表明自己的态度时，要注意三点。

1、这些看法和主张必须是经过认真的思考或者一定的实践，确实是自己所独有的正确的认识和见解，或者是切实能解决实际问题的主张。要使读者感到有新意，增长知识，提高对事物的认识。

2、必须围绕所论述的问题和中心论点来进行论证。开篇提出怎样的问题，结篇要归结到这一问题。在论证过程中，不能离题万里，任意发挥，或者任意变换论题。如果有几个分论点，每个分论点都要与中心论点有关联，要从属于中心论点。所有论证都要围绕中心论点进行。这样读者才能清楚地了解分论点和中心论点。议论文的逻辑性很强，论证必须紧扣中心，首尾一致。

3、"立"往往建立在"破"的基础之上。在立论的过程中，需要提到一些错误的见解和主张，加以否定和辩驳，以增强说服力，使读者不会误解自己的观点。

驳论是以有力的论据反驳别人错误论点的论证方式。有三种方法：反驳论点、反驳论据、反驳论证。由于议论文是由论点、论据、论证三部分有机构成的，因此驳倒了论据或论证，也就否定了论点，与直接反驳论点具有同样效果。一篇驳论文可以几种反驳方式结合起来使用，以加强反驳的力量和说服力。

议论文的常见结构

故事式开头

所谓故事式开头,就是开篇讲述一个引人入胜的小故事,用叙述性的语言,把情节表述清楚,然后由这个故事引出文章的论点或论题的一种方法。用故事开头,既丰富了文章内容,又能自然而然地引出观点,并能激发评卷老师的阅读兴趣。运用故事开头的手法,需注意以下几点:

1、要精心选择故事,以利于观点的引出;

2、因为故事仅是一个由头,所以叙述不宜过细,篇幅不宜过长,能引出观点就行;

3、一个故事可以从多角度理解和诠释,在叙述时就要重点突出能够引出自己观点的那一个侧面,使观点的引出水到渠成。

层进式结构

层进式结构也称递进式、层递式,就是按照逻辑关系,由浅入深,层层递进,纵向开掘的一种结构方式。层进式主要有两种类型:

一是将中心论点分成几

个分论点时,这些分论点之间构成的是由浅入深、由简单到复杂的关系。层次间可用诸如"不仅……而且……""……况且"等关联词语过渡。这种结构俗称"剥笋法",一层一层地"剥壳",最后显出其本质。

二是按照"提出问题、分析问题、解决问题"的思路安排论证结构,即按"是什么→为什么→怎么样"的顺序来写。这种论证结构的好处是层次清楚,逻辑严密,论证深刻。

点例法举例

所谓点例法举例,也叫排比论证法。就是运用排比的句式列举一组相似的论据,然后进行归纳议论分析。运用点例法举例,可以用较少的文字列举大量的例子,使例证全面而充分。此外,由于运用了排比句式,大大增强了文章的气势、议论说理的力度、语言的表现力和感染力。

使用点例式分析,要注意三点:一是几个事例的叙述角度要一致,要能够论证共同的观点,但又各有各的精彩;二是叙述语言要简洁,一般一个例子不超过40字;三是要在例后进行一定的归纳分析,指出共性,揭示本质,从而有力地论证中心论点。

假设式分析

所谓假设式分析,也叫假设论证。就是针对前面所举的事例,从反面进行假设,进而得出一个与事实相反的结论,从而有力地论证中心论点。运用假设式分析,事例与假设分析可以明显分开,即先叙事再反面假设;有时也可采用夹叙夹议形式。此类分析法常常用"假设不……""试想如果不……",引出与所举事例相反的情况,进而展开论述。

图书在版编目（ＣＩＰ）数据

校园文学类活动指导手册 / 温红青编著. -- 长春：吉林出版集团有限责任公司，2013.11（2020.11重印）
ISBN 978-7-5534-3295-3

Ⅰ. ①校… Ⅱ. ①温… Ⅲ. ①文学－青年读物 ②文学－少年读物 Ⅳ. ①I-49

中国版本图书馆CIP数据核字(2013)第226944号

校园文学类活动指导手册

温红青 编著

出 版 人：	齐 郁
责任编辑：	孙 婷　田 璐
封面设计：	大华文苑（北京）图书有限公司
版式设计：	大华文苑（北京）图书有限公司
法律顾问：	刘 畅
出　　版：	吉林出版集团股份有限公司
发　　行：	吉林出版集团青少年书刊发行有限公司
地　　址：	长春市福祉大路5788号
邮政编码：	130118
电　　话：	0431-81629800
传　　真：	0431-81629812
印　　刷：	北京兴星伟业印刷有限公司
版　　次：	2013年11月 第1版
印　　次：	2020年11月 第3次印刷
字　　数：	158千字
开　　本：	710mm×1000mm　1/16
印　　张：	12
书　　号：	ISBN 978-7-5534-3295-3
定　　价：	35.00元

版权所有　翻印必究